KB113245

양방향

양방향

김유림 시집

민음의 시 263

민음사

가야 할 시간이야

2019년 11월

김유림

차례

1부

2부

3부

1부

죽음과 티코

티코는 검은 초콜릿에 싸인 바닐라 맛 아이스크림이다

103호 몽테뉴브릭

로레알파리 르 엑스트라오디네어 벨벳 라커 103호 몽테뉴브릭 입술에 발라 보았습니다 창백한 내 얼굴에 벽돌 두 장 발라 넣자 화사해 보입니다 몽테뉴가(街) 벽돌로 쌓은 주택 1층 03호에 사는 아득한 사람 같습니다 아침마다 다른 나라 다른 세기에 눈뜨는 꿈을 꾸는 사람 같습니다 거리가 이만큼 벌어집니다 거리가 이만큼, 좁혀집니다 내가 입을 벌려 작은 숨을 내쉴 때마다 펼쳐지는 마법 같은 거리가 있습니다 벽돌 두 장을 다물고

파리의 겨울까지 가져가는 꿈을 꿉니다 오늘은 나를 기차역까지 마중 나올 사람이 있을지도 몰라, 밥을 먹지 않습니다 웃지도 울지도 않습니다 웃지도 울지도 않는 창백한 나를 실은 기차는 움직입니다 어제 닫힌 거리와 어제 닫힌 들판을 가로지르며 나를 실은 검은 기차가 달립니다 가늘게 뜬 눈과 눈 사이로 내려야 할 비 내려야 할 눈 내려야 할 석양이 내립니다 꿈은

두 눈에 벨벳처럼 감깁니다 정확히 갇혔습니다 드디어 플랫폼에 내려서자 되감긴 혀는 천천히 카펫을 깝니다 그

러나 말을 할 수 없습니다 입술에 대고 손가락을 더듬자 벽돌이 묻어납니다 더, 더듬어 가서 열쇠를 꽂으면 이국의 언어가 방주처럼 떠다니는 103호에 도착합니다 도착합니다 새벽 창문은 입김으로 부옇게 들뜨고, 로레알파리 르 엑스트라오디네어 벨벳 라커 몽테뉴브릭 103호에 사는 나의 얼굴을 닮았습니다

프랑스 마레 지구

2016년 1월 10일

내가 프랑스 마레 지구를 방문했었는지…… 기억이 나지 않는다.

2031년 2월 11일

나는 프랑스 마레 지구에 가 본 적이 없다.

커다란 건물 앞에 서 있습니다. 들어서는 문은 여러 개이고, 나온 문은 하나입니다. *미래의 문은 여러 개이고 과거의 문은 하나*로 건물은 퐁피두 센터여야 합니다. 퐁피두 센터와 기억은 아슬아슬하게 결합하여 나를 끌어당기고 백지처럼 고요한 거리 위에 나를 뱉어 놓습니다. 어느새 추워진 거리에서 나는 옷깃을 잡아당겨 목을 덮고 길게 자란 머리칼을 묶습니다. 선불리 걸음을 떼지 못하는 이곳은 낯선 이국의 거리입니다. 들려야 할 단어가 들려오지 않는 이곳은 낯선 이국의 거리여야 합니다.

떨어진 꽁초를 주워 피는 거리의 부랑자를 시작으로 거리는 펼쳐집니다. 금발의 아이가 광장 바닥에 주저앉아 재미난 표정을 짓고 있습니다. 맞은편 노점에서 열댓 개의 테이블을 내놓았고 그중 두세 개의 테이블에 손님들이 앉아 있습니다. 내가 걷는 것인지 거리가 다가오는 것인지 나는 모르지만 이곳은 낯선 이국의 거리 프랑스 마레 지구일 것입니다. 걷는다고 생각됩니다. 걸어서 프랑스 해변으로 간다고 생각됩니다. 프랑스 마레 지구에서 빠져나가는 길이 여러 개인 것에 나는 놀랍니다. 그러나

문은 하나입니다. 하나의 문을 통과해 니스의 해변에 도달합니다. 자갈 해변에 앉아 새벽녘인지 초저녁인지 모를 빛 속에서 일기를 쓰고 있는 그가 보입니다. 그리운 단어가 백지 위에 부딪히는 이곳은 분명 낯선 해변이어야 하는데. 누군가 다가오는 소리에 자갈 소리가 절걱입니다. 왜인지 밀물은 없고 그는 나를 돌아보고 나는 어리거나 늙었고 다정하거나 잔인합니다. 선택을 해야 한다는 것이 싫은 이곳은 낯선 이국의 거리여야 합니다. 전부 여기서 끝나야 해요.

문을 폐쇄하고 돌아가지 마세요. 돌아가지
마세요.

왜인지 내가 그를 붙잡지만
돌아갈 것도 나이고
돌아갈 거리를 엉망으로 이어 붙인 것도 나인데

그는 Je t'aime 말합니다.
아닐 수도 있습니다.

앙코르 와트

개구리 세 마리가 있다 개구리 세 마리는 앙코르 와트로 가는 길을 막고 서 있어 일행의 속도가 느려지다가 멈춘다 검은 앙코르 와트는 차차 거대해지고 대기는 지금 열은 수증기로 가득하다 잠시 멈춰 서

세 마리 하나같이

비슷해 보이지만 이름을 붙여 줄 수 있을 것 같아 고개를 들어 대기의 장막을 찢고 걸어가는 아이와 여인을 본다 그들은 낡았지만 튼튼해 보이는 유적의 일부를 향해 걸어가고 그곳엔 출입구가 없지만 벽이 높지 않아 영원히 넘어가 버릴 수도 있을 테지 유적지의 어떤 경비원도 탁 트인 들판은 감시하지 않는다 나는 두 사람의 얼굴을 볼 수 없다 처음부터 멀어지고 있었을 뿐만 아니라 머리에 커다란 모자를 썼다 모자

그늘이야 해가 높아질수록 윤곽을 좁혀 가겠지만 일행이 나를 재촉한다 일행은 이미 세 마리

개구리를 우회해서 앙코르 와트로 향하고 있고

우리 모두, 세, 마리, 개구리, 에 가로막혀 목적지에 도달하지 못하는 일은 없을 것이다 울지 않는 작은 세 마리 개구리를 자세히 본다 나와 일행의 거리는 차차 벌어지고 세

마리 개구리는 울지 않을뿐더러

울지 않는다

너무 작아

작아진 아이와 여인의 이름을 모르고 이름을 알더라도 한국식으로 불러서는 소용이 없을 것이고

모자지간이 아닌 왜소증에 걸린 사내와 그의 아내일지도 모르고

외국인 관광객이 데려온 어린아이를 납치하는 이곳에 살고 이곳을 벗어난 적 없는 현지인일지도 모르고

그 반대거나 전부 틀리거나 전부 맞을지도 모른다 세 마리 개구리들이 앉아 있는

돌로 포장된 길 한가운데

강력한 스콜로 인해, 부서져

발목이 빠질 법한 틈이 생긴 걸 본다 거기 물이 들어차 있고

엄청난 개수의 개구리 알들이 떠 있다 카메라를 들어 그것을 찍고 앙코르 와트의 입구로 가기 위해 세 마리 개구리 옆을 우회

진흙을 밟자 세 마리 개구리 울기 시작하고
　일행이 먼저 아름다운 앙코르 와트에 입성한다

해송 숲

조개 수천 개가 깔린 해변이었다 조개 하나 뒤집으면 빨간 돌, 조개 하나 뒤집으면 또 빨간 그러나 시간의 경과로 저녁을 알리는 빨간 돌, 조개 하나 뒤집으면 그렇게 빨간 돌, 조개 하나 뒤집으면 달리 빨간 돌, 조개 하나 뒤집으면 두 번 다시 빨간 돌, 조개 하나 뒤집으면 잊은 듯이 빨간 돌, 조개 하나 뒤집으면 뒤집어진 그러나 여전히 빨간 돌, 조개 하나를 뒤집으면 익은 돌, 조개 하나를 뒤집으면 이미 익은 빨간 돌이다

태양 민박을 지난다
아주머니에게 하룻밤에 얼마지요 물었더니 뭐라 뭐라 대답을 한다

어린 개 한 마리가 나를 따라 오길래 잠시 기다려 보라고 했다

조개 수천 개가 깔린 해변으로 돌아가고 싶지만 길은 달라지고 있다 해풍에 비틀린 소나무가 여러 그루 모여 작은 숲을 이루는데 해변을 가리기엔 빈약해서 그 너머로 해

변이 점점이 보인다 나는 숲을 가로지를지 숲을 우회할지 그도 아니면 뒤로 물러서 이 그림 그대로를 가져갈지 망설인다 태양 민박을 지난다 아주머니에게 하룻밤에 얼마였지요 물으니 뭐라 뭐라 대답을 한다 이어서

물 한 방울이 떨어졌으나 비로 이어지지 않았다

언덕의 불빛들 가까워지고 등대 공원엔 오래된 운동 기구가 하나 둘 셋 그리고 넷 다섯 그중 하나가 여전히 쓸 만해서 산책 나온 사람들이 줄을 서서 차례를 기다린다 전부 늙은 사람들이다 나는

난간에 기대어 숲을 본다

경고음과 함께 수 개의 비가 떨어진다

수영해 들어간다

나는 너른 풀장 한가운데로 수영해 들어간다
사람이 많을 수도 있고 적을 수도 있다
뛰어들 수도 있고 발부터 적실 수도 있다
낙엽이 떠다니는
버려진
풀장일 수도 있고
내가 꿈꾸던 바로
그 호화 수영장일 수도 있다
그러나 바람에 쏟아진 낙엽으로
얼룩진 풀장도
꿈의 가장자리 정도는 적실 수 있다
레인 끝까지 가려면
물안경이 필요하고
긴 머리칼을 묶을 머리끈도 필요하다
가족과 함께 왔을 수도
친구들과 함께 왔을 수도
시시하게 너와 함께 왔을 수도 있다
가장 시시한 건 나 혼자 왔을 때다
가장 시시하지 않은 것도 나 혼자 왔을 때다

만약 이것이 기나긴 불화 끝에 화해한
부부의 여행이라면
초가을에 큰 타월을 두르고 팁을 주어 가면서까지 샤베트를,
서로의 입에 떠먹여 줄 테니까
시간이 길다는 건 상대적인 거니까, 순식간에 만나고
헤어진 하룻밤의 풀장일 수도 있다 어디까지나 감각 속에서
수영장은 깊이를 모르고
넓어져서 나는 한가운데를 찾아
나와 함께 소용돌이치는 것 같다
이 바닥은 매우 쓸쓸하고 매우 차갑고 매우 단단하다
어이, 누군가 누군가를 부르는 소리
나는 눈을 뜨지 않고 수영해 들어간다
들어가도 들어가도
기껏해야 초호화 감기에 걸릴 테지

산업과 운명

그는 죽는 날을 기다린다
그는 기다린다
1년 내내 이런 식이다
침묵을
지나가는 행인들이나 침묵을 멀거니 바라본다*

활기찬 하루가 밝았네요
햇빛이 들어오고 그는 방을 나간다

햇빛이 들어오고 옥탑방은 달아오르고
온기가 열기로 변한다

당신이라면 어떻게 할까
당신이라면 열기구처럼 옥탑의 작은 방을 띄울까
뜨다 말고 연료가 바닥나진 않을까
빛의 속도로
타고
떨어지는 태양처럼
사그라들면

얼룩진 마스카라처럼
검게 엉겨 붙지 않을까나
  떨어진 재가 뜨겁지 않다
이상하진 않나요 여름이 올 무렵인데
한창 바람이 분다는 것이
그늘에만 들어가면 시원하다는 것이
  타들어 간 꽁초를 버리고
당신이 떠난 길을 따라 그는 직장에 간다

장래가 촉망된들 무엇 하나*
당신은 떠났고 그는 시로 돌아와야 하는데

돌아온다는 건 나무를 보지 않는다는 뜻이다

주제를 본다는 뜻이다
나무는 주제가 아니다 나무는
이별이라는 주제로 가는 길목에 심긴 한 그루의 조연으로
의식하기조차 쉽지 않다 그러나 나무는 흔들리고 나무

는 변주하고

나무는 회피하지 않고

노래하고 춤추고

그러니 돌아온다는 건

마음속까지 찢겨 들어오는

활기찬 하루를

당신이라면 어떻게 할까, 라는 의문을

일상으로 밀어내는 것이야

거리로 거리로

나가

나가면서 그는 그 날을 생각하는 것이었다

* 알베르 카뮈, 『작가 수첩』.

사랑과 꿈과 야망

아무것도 없는 흰 접시에 칼을 박아 접시는 딩딩 울리고 아무것도 없는 흰 접시는 튼튼합니다 깨질 염려는 없습니다 아주 튼튼하죠 그가 내게 말했다 두꺼운 부직포로 아무것도 없는 흰 접시를 포장하면 완벽합니다 어떤 충격으로부터도 아무것도 없는 흰 접시는 안전합니다 제가 해드릴까요 잠시 후 그는 거대한 회색 부직포를 가져와서 단 한 장의 아무것도 없는 흰 접시를 포장하려 든다 회색 부직포는

아무것도 없는 흰 접시 한 장을 향해 접근해 가고 있다 오른쪽 귀퉁이서부터 회색 부직포는 구겨진다 구겨지며 굴러가다가 결국 아무것도 없는 흰 접시 한 장의 어느 곡선에 도달해 아무것도 없는 흰 접시를 덮어 버렸다 이제 아무것도 없는 흰 접시는 거의 보이지 않는다 안전하죠 이렇게 푹신푹신하니까 그는 털이 난 팔뚝으로 뭉친 덩어리를 꾹꾹 눌러 보인다 다른 쪽에서도 회색 부직포가 접근해 온다

그와 똑같이 생긴 그의 아들이 왼쪽 아래 귀퉁이서부터

회색 부직포를 마구 구긴다 혹은 둥글둥글 굴린다 이미 사라지고 없는 아무것도 없는 흰 접시 한 장을 향해서 회색 부직포는 거대해지고 있다 하나의 아무것도 없는 흰 접시를 보호하기 위해

단단하고 푹신한 회색 바위의 형상이 되어가고 있다 그와 그의 아들은 마무리를 위해 테이프를 덕지덕지 붙이고

발로 차도 좋을 만치 커져 버린 아무것도 없는 흰 접시 한 장을 들어올린다 무척 가벼워 보인다

아무것도 없는 평범한 흰 접시 한 장 앞에서
아무것도 없는 평범한 흰 접시 한 장을 감싸는 그들의 완벽한 포장법 앞에서

사라지고 만
아무것도 없는 평범한 흰 접시를
믿고 상상해야 하는 장면
속에서

그것은*

내 품속으로 굴러 들어온다 잘 익은 라임오렌지를 매단 라임오렌지나무처럼
잠시 나는 복잡해진다

* 이스탄불의 그랜드 바자르에서 있었던 일이다.

푸른 바다 면도기

그날 창문을 열었을 때 자연은 그대로였다 푸른 바다
면도기*가 녹슬었다 열어 둔 창문 너머로 그것을 던졌다
그대로 바다에 떨어졌다, 당장 가져 와
화난 목소리가 들려온다

그림 한 점이 침대 맡에 걸려있다 컬이 인상적인 가발을 쓰고 그림 속 사람의 얼굴은 오후의 빛으로 빛난다 드러난 발가락엔 새가 한 마리, 부리를 박고 머리를 부빈다 가까스로 미소 지을 줄 아는 새처럼 미소 짓는 얼굴을 나는 그렸다 그는 자기 인생의 발치를 간질이는 것이 무엇인지 알 수 없을 것이다 그날

내가 이불 밖으로 두 다리를
꺼내 놓았을 때

바닥엔 낡은 실내용 슬리퍼 두 켤레
개의 비듬, 자기 전 코를 풀고 탁상에 올려 뒀지만
떨어지고 만 휴지가 있었다 나의 두 다리는 덜렁이는
낡은 슬리퍼를 꿰어 신고 창가로 갔다 파도가 일렁이고

창문틀을 손가락으로 문지르자

소금이 묻어났다 섬이 여러 개 보였다 얼굴이 보인다 당장 가지고 와 정면에서 나를 응시하는 그가 보인다 창문과 나
사이에서

손끝에서
하얀 결정이 녹고 있었다

그가 물러섰을 때 바다는 파도를 밀어내고 있었다

* Blue Sea Razor. 미국의 면도기 브랜드 중 하나.

건넌다

돌다리를 두드리려면, 집에서 나와 냇물을 찾아가야 하고 물살이 세지 않아야 하고 예상치 못한 폭우가 내리지 않아야 한다 이 세 가지 경우를 전부 충족하는 경우는 드물다 자가용이 있어야 하고 하다못해 자전거가 있어야 한다 돌다리를 두드리려면 얕고 잔잔한 냇물에 누군가 돌다리를 이미 놓았어야 하고 돌을, 되도록 평평한 돌을 이고 와서 소매와 바지를 걷고 물속으로 걸어 들어갔어야 한다 돌을 놓을 위치를 표시하고 표시할 수 없다면 짐작하고 어림잡아 이 물이 저 물이 아닌 걸 알아야 하고 직관이 뛰어나야 하고

어렵다 물이 계속 흐르고
물이 계속 흘러서

잔챙이들 내려가고 잔챙이들 사라졌는데 월척이 떠내려오고 월척이 가면 한동안 잠잠하고 그래서 물고기에는 괘념치 말아야 하고 대담해야 한다 대담하려면 대담하게 자라야 하고 대담하게 자라려면 자라는 환경을 무시할 수 없는데 여기서 우리는 너무 멀리 가지 않아야 하고 머물러야

하고 여기와 저기, 최단 거리로 가닿을 수 있는 지점을 놓치지 않기 위해 너무 돌아가지는 않기로 하고

물은 계속 흐르고 물은 계속 흘러서도

넘치지 않아야 하고 장마철이 아니어야 하고 결국 기후와 지리의 영향을 받고 여기 한국이 아니라면 다른 나라라도 가서 돌다리를 시험해 보고 싶고 그래야 한다고 누가 말하지 않았어도 견딜 수 없다면 돌을 들어, 돌을 괴어, 일련의 돌들로 지도의 푸른 줄기를 가로지른 어떤 사람의 돌다리를 찾아 나서야 한다 슬리퍼는 위험하니 신지 않고 아쿠아 샌들을 신고 물은 계속 흐르고 물이 계속 흘러서

발을 유연하게 타 넘는 것을 물끄러미 지켜보다가도

이끼를 잊지 않고 이끼를 조심해야지 이끼는 매끄럽고 이끼는 생물처럼 생생하고 그래, 이끼는 생물이 맞고 잊어버린 삶의 핵심을 다시 더듬으며 돌다리를 건너고 돌다리가 예상외로 튼튼하다면 발로 여러 번 건드려 보고 흔들

어 보고 물살이 너무 연약하다 너무 부드럽다 잊고 있던 물살을 다시 느끼면 잊어버린 삶의 그것들이 돌아오는 게 아니라

자꾸 흘러가고

잊어버리기도 전에

흘러가고 나는 쉽게 마르는 아쿠아 샌들을
괜히 뒤집어 물가의 돌에 기대어 두고, 하늘을 본다

여기서 건너가면
저기로 가겠지만

주차장에 세워 둔 스쿠터를 생각하면 여기에 있어야 한다고 생각한다

하나의 사랑

하나를 쓰면
하나는 떠나고 만다

하나와 산책을 하면서
산책밖에 할 게 없어서

사랑하는 사이

그렇게

산책의 바깥에는 또 다른 바깥이 있고
둘레는 지금의 둘레 안에서
빙빙 돌고 있다는 걸

저기 보이는 작은 요크셔테리어와 무심한 주인의 모습으로부터 알 수 있다
우리는 그들과 멀어졌지

하지만 함께 돌고 있지

하나와 산책을 하면서
어디까지 시간의 둘레가 넓어질 수 있는지
언제까지 자신을 보여 주지 않을 수 있는지
푸른 나무의 그림자 아래서
몰라 가고 있다
몰라 가고 있습니다

머리와 몸통에 그림자를 얹고
갈색 요크셔테리어가 엉덩이를 흔들고. 좋아하고 있습니다

가고 싶어 하고 있어요

더. 더. 돌고 싶어 하고 있어요

무심한 주인은 전화를 해야 해
벤치에 앉아 일어날 생각을 하지 않고

우리는 벌써 몇 바퀴를 돌았는지
보이던 것이 또 보이고

그래도 내가 이것을 시로 쓰지 않으면 하나는 영원히 함께 걷겠다고 했었답니다

2015년 8월 21일. 무척 더움. 섭씨 37도. 서울. 몽촌토성. 매미는 밤낮없이 운다. 김치찌개를 먹으려던 계획을 취소하고 카페에서 샌드위치로 간단히 끼니는 때우다. 단순히 덥다는 말로는 설명할 수 없는 날씨. 그래도 이런 날씨에

산책을 하면서 산책밖에 할 게 없어서

잃어버린 기분

잃어버린 시간을 찾아서

두 시간 아니 대략 세 시간

잃어버린 시간을 찾아서

나의 집에서
하나네 집 쪽으로

가고 싶어 하고 있어요 나는
사랑하는 사이. 그 사이에서
이러지도 저러지도 못하고

하나가 떠나 버리지 않도록

귀여운 강아지. 눈을 보면 눈치를 본다는 걸 확실히 알 수 있다. 특히 흰자위. 그게 보이면 뭔가를 숨기고 있다는 뜻. 연두부. 한 팩을 먹고 맥주는 마시지 않음. 올해 참석한 술자리는 겨우 (……) 둘 셋 넷 (……) 어두운 밤 매미는 밤낮없이 우네 (……) 그것을 피해

몇 바퀴를 돌았는지
보이지 않던 것이 보이고

하지만 함께 돌고 있지

이럴 때야말로 함께 하고 있습니다

미래의 돌

검게 탄 아이가 산으로 들어간다

검게 탄 아이가 어렴풋한 인상을 가지고 산으로, 들어간다 인상은 삼각형이 아니고 초록빛이 아니고 어둑하고 비릿하고 축축하다 말고 나무와 나무를 건너뛰는 작은 생명체의 꼬리에 그어진 탐스러운 검은 빛깔을 잠시 가진다 날다람쥐다 날다람쥐가 아니면 청솔모이고 흔들리는 가느다란 가지들 크게 휘청이고 검게 탄 아이가 아주 검지는 않고 사실 부드러운 식빵의 탄 가장자리처럼 진갈색인데 그마저도 점점 흐릿해진다 아이는

탄력 있는 대나무 채집망을 들고
들어가고 있다 잡는 것은 인상이 아니고

뒷덜미에서 날아오르는 검은 것
간지러운 촉감이
아니다 손을 잡고 아이를

따르는 아이들은 숲길의 돌 하나를 뒤집는다 여러 가지

가 기어 나오고

뿔뿔이 흩어지는 숲길을 따라 아이와 아이들은 걸어가고 뛰어가고 앉았다

가고 노래 부르며 갔다 무엇을 잡았고 무엇을 잡지 못했고 무엇을 잡았다가 놓아주었는지 아이는

마을로 들어서 버렸다 민박 있음. 돗자리. 네온사인이 번쩍이고

이상하다 이상하다 뱅뱅 돌다가 신발을 벗어 돌을 털어낸다 돌은 구르다 멈추고 아이는 고개를 숙여 그것을 본다

돌은 돌이지만 그 돌을 모르겠다

아마 은하철도

나는 재빨리 열차에 올라탄다 재빨리 타지 않으면 열차는 지나간다고들 한다 하지만 사실 열차는 출발한 적이 없다 열차는 그대로 있다 풍경은 바뀌는데 그건 시간이 지나서 그런 것이라고 맞은편에 앉은 사람이 말해 주면 좋으련만 이것은 일인용 객실이다 간이침대가 있고 코트와 모자를 걸 수 있는 나무 옷걸이, 캐리어를 둘 나무선반이 있다 나는 다시 나로 돌아온 것이 겸연쩍다 이렇게 될 수밖에 없었다면 바깥으로 나가 마을을 돌아보는 수고를 하지 않아도 좋았을 것이다 그래도 나는 너를 만났고 너와 죽었다

하지만 지금 이렇게 말하는 나는 그때의 내가 아니라서 살아 있는 걸까?

열차에 재빨리 올라탄 것이 잘한 일이라고 생각하자 이렇게 아쉬워할 수도 있으니 풍경과 거리가 생긴 것이다 풍경은 늙어 가고 그러나 새로워져 가고 그것이 나와 다르다

도리질을 하고 지금의 도리질은 아까의 도리질이고 늦게 언급된 도리질이다 늦게 의식한 도리질이고 내가 아니

라서 살아 있는 걸까? 물었을 때 행해진 바로 그 도리질이다 그래 기다리면서 그래도 열차는 출발해야 한다고 생각하고 난

날 기다리면서

재빨리 열차에 올라타고 그 와중에 문을 너무 빨리 닫았다 혹은 영원히 닫지 않았다 창문을 관통한 햇살에 흔들리는 그림자들을 보며 다시 한 번

부드러운 융단 의자를 쓰다듬는다

한낮 공원의 잔디처럼 이쪽에서
저쪽으로
누웠다 일어선다

당신의 K.*

그것은 하나의 기억이다 옷을 벗고 물에 뛰어드는 사람들을 보면서 나는 나의 옷을 붙들고 재차 창백한 얼굴을 지어 보였다
사람은 사람에게 어서 들어오라 하고
사람들은 하나 둘 옷을 벗고 물에 뛰어든다

사람과 사람들은 물보라를 일으키거나 잠수하거나 잠수했다가 다시 올라온다
물보라를 일으키거나 잠수하거나 잠수했다가 다시 올라오며 숨을 참거나
숨을 크게 내쉰다 나는

신발을 신은 채
고르지 않은 바위 밭을 가로질러 도망쳤다 그러거나 말거나

전부 산이나 바다나 언덕이었다 여름 휴양지는
산이나 바다나 언덕이거나 영화관이었다 시골 영화 어쩌다 시골로 가게 된 사람의 영화거나 회사에 지각해 뛰어가

는 사람의 영화 전부 버리거나 전부 버렸다고 생각하지만 여전히 가진 채 들판으로 산으로 바다로 언덕으로 가는 영화 혹은 넓은 부지에서 시작해 넓은 부지에서 끝나는 영화 영화처럼 꿈처럼 꿈처럼 영화처럼 유산으로 상속된 넓은 부지가

새로운 휴양지로 탈바꿈하기도 했습니다

바로 거기,

나는 누워서

나를 타고 넘어가는 작은 게의 무게를 느낀다 오르내리며

사람들 사람들, 비명을 지른다 떠내려가는

수영복 한 조각을 보고

* 카프카가 밀레나에게 편지를 보낼 때 사용한 서명들 중 하나.

이 상자 안으로 오이가 들어올 것이다

결국 나는 상자를 떠나 밖으로 간다

결국이라는 건
오이에게 밀려나는 것

오이에게 밀려나
마른하늘 아래 서야 하는 것

오이라니 오이라니 생각해도 오이인 것

상자가 좋아 상자인 건 아니지만
어느새 상자인데

이곳으로 오이가 들어올 것이란 편지:

……나는 밖으로 나가 텃밭을 가꾸는 오래 보지 못한 사람을 보러 갔습니다 사람은 오이가 많이 자랐다 오이가 조금 자랐다 서로 다르다 어느 것이든 맛있다 말

하고 말에게 말하는 느낌으로 사람은 말하고 엄습하는 먹구름이 머리를 맴돌았습니다

연습으로 자란 오이를 하나 따서 나에게 건넨 그는 연습이 아니라 자연으로 자라난 오이는 줄 수 없다 말하고

자연에 따라 꽃부터 피고 꽃만 피고 아직 오이는 나타나지 않은 어떤 지점에 이르러서는 오이의 이전이 오이의 이후가 맞다고 알 수 없는 표정으로 말했습니다 사람의 얼굴을 알 수 없게 되는 지점에 이르러 나는 말을 잃게 되고 함께 거닐며

다른 사람이 자신의 텃밭을 침범하고 있다, 는 그의 말을 따라 사건이 일어난 현장까지 가 보았습니다 텃밭을 송곳 모양으로 파고든 울타리에 천 조각이 걸려 있고 이름이 쓰여 있다는데 나는 아무리 보아도 사람 이름을 읽어 낼 수가 없고 그저 그림처럼 거닐며 언제까지나 텃밭을 가꾸는 정다운 사람의 곁에서

풍경을 모르고 풍경으로 진입하는 비는 내렸습니다
오이는 자랐습니다

결국 나는 상자를 떠나 밖으로 가려고 합니다

:편지를 구기며 등장하는 '나'의 뒤로 뜨겁게 달궈진 8월의 대리석 기둥이 보입니다 포치porch라는 이름의 개는 현관의 그늘진 구석에서 쉬고 있습니다 길가까지 나온 '나'가 주저앉은 포석 가까이에 기울어진 빨간 우체통mailbox이 서 있습니다 우체부는 그새 멀어졌지만
여전히 보이긴 보입니다

2부

이 상자 안으로 양이 들어올 것이다

나는 상자를 들고 산책에 나선다 오른쪽 팔과 옆구리 사이, 상자는 얌전하고 바람은 불어오다 말고 멈추지만 상자를 가진 나는 걸어간다 오늘도 또다시 공원, 도서관으로 통하는 샛길이 보인다 나는

샛길을 따라

새로운 계단을 발견하고
내려간다 벌써 도서관에 도착하게 되다니 다시 계단을 따라 올라와서

뜨겁게 달아오른 난간을 붙들고
생각을 한다

그러니까 다시 공원으로 돌아가요
상자는 말하지 않고 나는 당연히 공원으로 돌아간다

공원, 아니면 도서관이다

나무들

어린 나무들

그들 묘목들

거목들로부터 멀찍이 떨어져 그들끼리 자라고 있다

텅 빈 공터인가 하고 보면 그것도 아닌

허허한 공원의 어느 지점에서

아는 사람을 만나 가까운 식당을 찾아 헤맸다 그 상자는 무엇이냐고 사람이 물어봐 주지 않아서 우리는 계속 걷다가 아무 곳에나 들어가서 한 입 두 입 마저 먹고 나온다 던 책은 어떻게 된 것입니까 물어보려다가 말고 사람의 티셔츠가 등에 달라붙은 것을 본다 더운 날씨네요 사람에게 말하고 알고 지내 온 사람이라 그런지 그렇군요 그렇네요 정말 덥습니다 사람은 펄럭펄럭 티셔츠를 흔들어 바람을 일으키고

……

벌거벗은 듯 허허한 공원의 어느 지점에서

너무 자세해지지는 말자고 생각한 묘목들이 가지 뻗기에 두려움을 느끼고 있다 그러나 공원은 나무의 미래인데…… 상자는 아무 생각 없이 사람이 어떻게 억지 바람을 불러일으키는가를 관찰하고 있을 뿐이다

거울을 보듯이
천천히

선풍기 머리가 도서관 옆 공원을 향해 돌아서고 있다

모래 바구니

긁어낼 수 없는 생각의 모래알이 있다

모래알은 바구니의 단순하고 반듯한 내부 어딘가에 있다 틈새에 있다 남자는 생각의 바구니가 두 번 뒤집어진 표정을 짓고 있다 여름용 홑겹 이불을 덮고
베개를 베고 벽을 향해

쏟아 내는 남자의 표정을
뜬눈으로 받아 낼 수 없다

남자의 머리를 열고 들어가 생각의 바구니를 흔들었을 때
둥근 밑이 위를 향하게 되었다
남자는 어쩔 수 없이
눈을 감고

말을 한다
이야기를 들려 드린다:

그새 나는 바구니가 내동댕이쳐진 이야기의 해변에서

단 한 번도 일어나지 않았던 유년의 일을 구성해 모래성을 쌓으려 한다 모래성을 쌓으려면 어린이용으로 만들어진 원색의 플라스틱 바구니가 필요하다고 생각한다 그것에 젖은 모래를 채워, 담고, 엎어, 성의 가장자리에 위치할 종루를 만들고 창을 내기 위해 기다란 나뭇가지를 찾으려 나선다 돌아왔을 때 발견한 단 하나의 결말을 향하여

잠의 파도가 들이쳐서

나의 표정은

단순해지고

천천히
천천히

어루만진다

드가가 드가에게

풍경화의 풍경이
앞으로 밀고 나온다

못 박혀 걸려 있어야 하는데

쏟아지는
가벼운 비를 삼켜 버린
자작나무 가지 부러진
하늘이
더 이상 갈 곳 없어

비대해지고 있다

풍경에 덧칠을 하며
사람은 앞으로 나온다

밀지 마,
밀지 마세요!

생각하고 말하는 동물은 한아름 붓 주머니를 허리에 둘러매고 서 있다

주머니는 가죽 주머니

(안은 물론 어둡다)

빽빽하게 꽂힌 붓들이 하나씩 하나씩 뽑혀 나가고

빛이 든다

여기서 보면

이 모든 것

나의 키보다 크다*

* 드가는 드가를 아는데, 드가는 드가를 모르는 것 같다. 나는 붓의 자루들이 이루는 나무의 숲에서 열리는 창공을 향해 고개를 든다. 그것은 드가가 붓을 하나하나 뽑을 때마다 넓어지는 하늘이다. 드가가 하늘을 그려내기 위해 뽑아 드는 붓의 개수만큼 넓어지는 하늘이다. 드가는 곧 드가의 붓 자루를 붙들고 밖으로 나가게 된다. 물감에 폭 (삭) 적셔졌다가 하늘을 채색하게 된다.

재생 주택

집 바깥에는 한계가 있다
1)바람은 언덕을 넘어간다
2)아버지는 그곳에 가지 말라고 했다
3)아이는 몰래 해변을 향해 간다

언덕, 그곳, 해변 중 어딘가에 한계가 있다

오늘 2063년 5월 1일

아이는 몰래 해변을 향해 갔다
바람이 아이의 머리를 감싸 안고 흔들다가 이내 풀어 줬다 아이는
썼다

→ 석양은 불룩한 배낭 속 초코바와 함께 녹아내렸다: 형체 없음, 냉동실행

→ 아버지는 그곳에 가지 말라고 했다고 했다: 형체 없

음, 화가 나서 씩씩거리며 차고행

→ 바람은 속삭였다: 형체 없음, 언덕 너머 바람행

"집 바깥에는 한계가 있다 거기까지 가서 아이는 몰래
조개마다 비밀을
심었다

포악한 새의 왕을 데려와
언덕을 감시탑으로 삼자

아득한 해안선보다 더
비밀스런 모래밭이
존재한다면

안 될 일.
모래사장 위로
부서지는 포말까지

볼 수 있는
늙고 영리한 새 한 마리가 필요하다 그래

한계는 당신들의 것이 아니라고 충고하는 바람 소리가 들려왔습니다" 아버지는 아이를 무릎 위에 앉힌 채 매일같이 들려주던 이야기를 들려주었다 아버지가 일어나서 창문을 단단히 걸어 잠그는 동안 아이는 책상 앞에 앉아 일기를 쓰고 있다

아이는 이제 자야 한다

오늘 2002년 8월 27일

아이는 게 한 마리를 찾았다
아버지는 아이의 엉킨 머리를 잘라 줬다

오늘 2034년 1월 1일

조심스레 장면을 앞당겨
상상하는
남자의

손이
둥글게
말아 쥐는
재생 장면을

가로채서 도망가는 우리의 개 포치porch 위로 먹구름이 비를 한 차례 뿌렸다 포치, 포치, 어디로 갔니, 울면서 돌아온 아이가 손에 쥐고 있던 건 입을 다문 조개였다 그걸 삶아 먹은 건 누구였을까요? 아버지는

언덕, 해변, 그곳, 어딘가에 묻혔다

그렇게 일기 쓰는 방법을 알게 되었다

부메랑

오사카 서부 최대 규모 철강회사의 작업 현장 카메라가 돌아가고 아이는 부메랑을 날리고 있다 어릴 때부터 소림사에서 훈련해 온 솜씨와 힘으로 현장을 장악하고 있는 제1인부의 머리 뒤로 하얀 부메랑이 날아가고 뒤따라 늙은 도베르만이 달린다 카메라가 돌아가고 더운 여름 두터운 연두빛 코트를 입은 여자가 철로를 따라 이동한다 선박에 적재해야 하는 철근들이 철로의 한편을 메우고 카메라가 아무리 줌아웃 하더라도 잡히는 건 철근의 더미밖에 없다 아이의 부메랑이 그때 화면의 바깥에서 날아와 잘못 태어난 흰 새처럼 바닥으로 착지한다 어이, 카메라에서 비켜 카메라는 바닥에 단단하게 박혀 서 있는 기둥에 고정되어 자유자재로 고개를 돌리고 포착되지 않는 것들은 기둥의 그림자가 그리는 직경 안에서 꼼짝 않는 것들이다 연두빛 코트를 입은 여자는 주머니에서 뭔가를 꺼내 입속으로 구겨 넣고 있지만 그것이 음식인지 종이인지 구별하기가 어렵고 그 즈음 늙은 도베르만이 냄새를 맡고 제1인부의 도시락 가방 주위를 돌고 있다 아이는 카메라가 저 멀리 바다가 보이는 북쪽으로 향할 때 재빨리 부메랑을 주워 남쪽으로 던진다 부메랑은 사무실 내에서 업무 전화를 받고 있던 사무차장의 눈앞에서 휘어지고 날이 더운지 창문은 열려 있다 아이는 부메랑을 따라 달리면서 늙은 도베르만이 코를 박고 있는 도시락 가방을 잽싸게 낚아채서 품 안에 넣는다 아빠를, 주려고, 엄마가, 만든 거야, 카메라는 돌아가고 오사카 서부 최대 규모 철강회사의 작업 현장 전부가 한 눈에 보이는 야트막한 언덕에서 다음 계약을 성사시키기 위해 사장과 사장과 사장의 비서가 서 있다 그들의 뒤편으로 주변 공장의 인부들을 대상으로 음식을 파는 식당이 있고 식당의 뒤편에 플라스틱 박스가 열댓 개 쌓여 있다 어느새 연두빛 코트를 입은 여자는 그곳에 도달해 박스더미에 기대어 잠이 들었고 그곳이 지역 일대에서 가장 아름다운 일몰을 감상할 수 있는 핀포인트다 카메라가 돌아가고 아이가 남쪽으로 던진 부메랑이 어느새 돌아와 아이의 손에 붙들려 있다 아이는 한 바퀴 돌아 다시 북쪽으로 향하는 카메라의 정중앙에 잡힌 제1인부의 등판으로 다가가고 카메라는 줌인한다 늙은 도베르만이 화면 바깥에서 달려와 사람처럼 두 다리로 서자 마르고 작은 아이의 몸이 그대로 가려진다 카메라 돌아가고 검은 화면에 아빠, 쾅쾅, 먹어, 작업 현장의 소리들이 녹음되어 감겨 들어간다

도둑맞은 편지

숱을 많이 쳐서 경쾌한 느낌을 주는 머리 스타일 적당한 크기의 후프 귀걸이를 한 너는 물방울무늬가 찍힌 파란 드레스를 입고 있다 허리를 잡아 주고 종아리에서 끝난다 결혼식장에 들어서는 너의 팔뚝에 희미한 타투가 있다 신발은 플랫! 잿빛 머리를 헐겁게 묶었다 정돈되지 않은 잔머리가 목덜미로 흘러내리고 너는 다가온 사람을 향해 크게 웃어보인다 아무래도 맥주가 떨어진 모양이지요 레페는 충분히 준비해 두라고 일렀는데 내가 보기에 너는 완벽해 보인다 완벽해 나는 말한다: 너는

자판을 두드린다

나는 안다
나는 말한다
그때의 너는 결코 돌아오지 않을 것이며
그래서 써야 한다고

자판을 두드린다!
비가 내린다!

세월도!

어쩜!

고약한 냄새가 나고 그것이 닫힌 창문을 열게 한다 글을 쓰던 글 속의 나는 너에게 커피에 넣을 각설탕을 가져다 달라고 부탁하고 곧이어 그게 힘들다면 그저 가벼운 키스를 해 주는 것으로 족하다고 덧붙인다 그러나 네가 못들은 척 옷장 위로 올라간다 사라진다

나는 다시 나에 대해서만 쓸 수 있다:

결코 돌아오지 않는 너에게
여기가 어딘지 편지를 보내지 그래?
이곳은 경주
이제 편지를 주고받는 사람은 거의 없다지만
바깥으로 능이 보이는구나
혼자 말하고 혼자 웃는단다
비가 내리고 오이 냄새가 나는구나

나는 말한다
나는 널 아나요
나는 쓴다

추신: 뒤에 덧붙여 말한다는 뜻으로, 편지의 끝에 더 쓰고 싶은 것이 있을 때에 그 앞에 쓰는 말.

사과나라로 가는 귀향길 사과의 국경에서 사과의 국경을 들여다보다가 거대한 화물 트럭이 지나갈 때 둥글고 주먹만 한 사과가 퍽 터지는 것을 본다 트럭이 또 지나간다 이미 터진 사과가 한 번 더 나뒹굴었다 트럭이 또 지나간다 한 번 나뒹굴었던 사과가 다시 한 번 으깨어졌다 그러니까 나는 최종적으로 으깨어진 사과의 국경 앞에서 으깨어진 사과의 국경을 들여다보다가 왜 사람들은

왜 사람들은?으로 시작했던 의문은 더 이상 이어지지 못하고 오늘은 날이 찌는 듯이 덥다 손을 들어 이마를 닦는데 땀에 붉은 기운이 섞여 있었다 그새 땅에서 박살난 사과 조각을 만졌기 때문에 사과의 즙이 묻어 붉을 수도 있다 트럭이 지나가며 사과만을 부순 것이 아니라 돌을 튕겼다면 그렇다면 어째서 피는? 오랜 생각의 흐름 뒤에

생각보다 이렇게 묽은 것일까 생각하고 주머니에서 구겨진 휴지를 꺼내 이마를 한차례 더 닦으니 엷은 주홍색이 묻어나왔다 트럭 세 대가 지나가면서 부순 것이 사과라는 돌아온 주제뿐만이 아니라 내 머리였다면 지금의 사과의 국경에 내가 있을 수는 없을 것이다 매미가 울고 마을버스가 오길 기다리면서

사과가 으깨어지는 사고를 겪고 사과가 더 이상 온전한 사과 하나가 아니게 된 이후로 사과의 국경이 사과의 국경에 가까워져 가는 한여름이었다 나는 여기서 나의 문제이자 나의 주제인 사과의 국경을 건너야 사과나라의 국경에 왜 사과가 하나 놓여 있었는지를 알게 되리라고 생각했다 매미 소리를 듣다가

어머니가 '더운 여름엔 몸을 조심해' 말해 주었던 것을 기억해 낸다 트럭이 자주 오고가는 이곳에서 조금만 더 가면 가을을 기다리는 푸른 사과들이 주렁주렁 열린 과수원이 펼쳐져 있을 것이다 그런데 빨간 사과는? 의문은 오랜 정지 끝에 찾아오고 다가가서 다시 한 번 냄새를 맡으니 사과가 아니라 붉은 이름 모를 열매였습니다

나는 머리를 휴지 조각으로 누른 채 내가 알고 싶었던 건 한 조각의 퍼즐이 사라진 너무나도 명백한 그림의 원본이라고 생각했다

행복 같은 것

> 당신 손이 거기서 무얼 하지요?
> — 저는 부드러운 천으로 된 당신의 옷을 만지작거리고 있습니다.

길가에 늘어선 관목들이 묘비 같다
아니 그렇지 않아도
내게 다정한 아이들은 아이들이 아니게 될 것이다
물품보관함이 있다 사람들은 가방을 넣고 동전을 넣는다
동전과 가방을 되돌려 받을 것이다
거기서 내려와라
하늘을 향해
열차는 올라가고
즐거운 비명소리 들린다
나는 여기서 나무의 학명을 읽는다 이것은 가문비나무입니다 층층나무입니다 그렇다 해도
조로한 나무를 구별할 수 없었다 그것은 나무들 사이에서 나무의 평균 나이를 알 수 없게 만든다 그러나
우리는 나무들의 평균 나이가 궁금하지 않다 욕망은
돌아가는 지붕 아래
하루 종일 나와 함께하지 않았는가? 연인들은
망설이고 있다
사진 한 장이 있다

거대한 인공 트리의 내부로

사람과 아이와 아이의 친구와 아이의 친구가 티셔츠에 달고 온 꽃씨와 연인과 나무 둥치를 박고 죽은 친구와 친구의 배우자를 배우자로 맞기 위해 이혼한 사람과 바퀴 달린 풍선과 돌려줄 수 없는 동전들을 쓸어 담는 직원이 들어갔다 나온다 몇몇은

미색의 종이에 편지를 써서 트리 내부에 걸어 둔다

대부분의 수신인은 곁에 있거나 이미 죽었다

모두가 읽는다

그렇게

당신의 사랑과 관용과 구름에 감사한다

재활용

텅 빈 물병을 하나, 하나, 하나, 모아서 파란 재활용 비닐에 담고 텅 빈 물병은 찌그러지고 찌그러져 있고 찌그러져 쌓이지 않고 흩어져 하나의 파란 비닐 봉투에 담아 뚜껑으로 하나 하나 하나 잠그고 하나를 잃어버렸고

잃어버린 하나를 두고

나머지를 넣어 묶어 당신이 들어 밖으로 나가 버리고 와 여기 앉아 깨끗한 손을 들어
덜 깨끗한 손을 닦아

씻어
당신이 들어

초록색 쓰레기 수거 트럭이 새벽 네 시 지나가는 소리
들으며 잠 못 이뤄

어디까지 더듬을 셈이야 셈은 더 이상 하지 말고 텅 빈 물병은 하나 하나 하나 모여 파란 비닐 봉투에 담겨 찌그

러져 쌓여 흩어져 그리고 흩어지지 않아 가지런하지 않아 그러나 하나의 파란 비닐 봉투 속에서 달그락 달그락 이동해 간다

당신은 깨끗한 손과 더 깨끗해진 손을 들어

가슴팍에 미라처럼 모아 잠들기 위해 애를 써 투명한 비닐의 바스락거리는 소리 그것의 투명한 파란 물결은 구겨져 하나의 소리 묶음으로

들려 나가고 들려오는 파도를 닮지 않았어 찢어지도록 지겨운 파도 소리야 그러나 그것들은 하나 하나 하나

꽉 잠겼고
꽉 막혔고

그래도 공기가 푸시시 새어 나가는

당신은 들어 당신은 감고 감은 채로 더듬고 깨끗하고 더

깨끗한 손을 비비며 기도는 아닌데 기도같이 반복되는 말소리가 벽을 뚫고 들려오는 걸 들어 뉴스야 아랫집 뉴스다 소각되는 하나 하나 하나 찌그러진 물병은

구멍을 중심으로 점점 녹아내리는 물병은 파란 비닐 위로 번져 나가는 햇빛처럼 시끄러운 말소리는 잠 속으로 실려 나가고

조용하다. 당신 얼마간은

해는 머리에서 머리까지

1.

정신을 놓자 다람쥐가 튀어나와 나무를 박았다 날았다
날면서 천천히 추락하고 충돌해서 꽝
마침, 뚫려 있던 마음으로부터
딱따구리가 나왔다

아무 수확도 없다
두드릴 수 있고 두드릴 수 없다

마음을 둘러싼 껍질에서 수액이 흘러나오고
세계관을 따라 하나의 양동이에 모여든다
허옇고 허옇고 찐득거린다
찐득거리며 차오른다

2.

마음이라는 구멍이 있는 정상적인 나무는 수액을 흘리고 용도를 다한다

계절에 따라 변하거나 변하지 않는다
뿌리를 드러내거나 드러내지 않는다
마침, 빛은 흐르지 않고
빛은 날아와 박히고
발톱을 빼낸 뒤

맹금처럼 날아간다

정신은 놓을 수 있고 정신은 갈 수 있다 날아갈 수 있다
(그 와중에) 세계관을 따라 수액은 하나의 양동이에 모여 드는데
허옇고 허옇고
찐득거린다
천천히
아래로 흘러드는데

밑동은 어둡고
해는 머리에서 머리까지만

흐르고

벤치의 앉은 역사

떨어진 속눈썹에 대고 소원을 빈다
날숨에 날려

천천히 떨어지면서

인생의 소원은 사라진다
인생의 소원이란 나의 소원
너는 너 자신의 소원을 모르고
　　　나의 소원만을 뚜렷이 보는

연인용 눈꺼풀을 달고 귀엽게 벤치에 앉아 있다

사랑하는 사람들은 서로의 삶을 위해 소원을 빌고

오후 한낮의 작은 다툼이나마 지속되게 해 주소서
그것마저 없다면 너무 시시하니까
우리는 함께 먹을 도시락조차 만들 힘이 없다니까

밥을 먹으면 반나절은

무얼 먹을지 고민하지 않아도 돼
감사하는 사람들

손가락을 부단히 움직이며
이야기를

쥐어짜 내고

밤이 오지 않아도 어둑한
장마철

보고도 못 보고
보지 않고도 보고 마는

서로에 대한 사랑 너머로 누군가 부스럭거리고 있다 자동차다 아니다 오토바이다 아니다 지금은 전동 킥보드다 자꾸 좁아지는 현대식 발판에 서서 그러나 매듭을 풀어 길이를 조정하지 않고 정해진 둘레의 화환 속으로 머리를 집어넣고 풀숲을 헤치며 달려 나오는 그들은 연인들이고 친

구들이고 들러리다
  축복도 도망도
  전부 옛날식이지만

  그래도 오늘은 전동 킥보드다

  사랑의 전개는 처음부터 지금까지
  이렇게

  ……

  졸리다

  토끼풀꽃이 가득하구나

문제의 문제

유학 생활이 끝나 갈 무렵 나는 친구들에게 줄 기념물을 빚기 위해 흙을 마련해 물을 약간 부었다: 흙은 물을 흡수하면서 진흙이 된다 그렇게 진흙이 된 진흙을 얼마간 잊고 방치하면 같은 자리에서 다시 흙이 된다 겉면에서 포슬포슬 흘러내리는 것이 있다 연한 색을 띤다 그 이상 방치하면

조각이 되고, 약간의 힘을 주면 부러진다 처음처럼

물을 부어도 진흙으로 돌아가지 않는다 왜지, 당연한 것을 받아들이기 위해 장면과 시야를 넓혀

바람 부는 날: 선풍기
우산 쓰는 날: 우산
비 오는 날: 우산
멀리 가는 날: 가드레일
멀리 가는 날: 레일
멀리 가는 날: 처음부터 문제가 있었음

처음부터 문제에 문제가 있었음

나는 정부기관의 보조금을 받으며 그림을 그리는 친구의 넓은 작업실에 가 보았는데 창밖으로 대나무 숲이 보여 놀랐다: 풍경

처음부터 풍경에 감정이 있었음

반메모를 작성해 보았고 팔이 부러진 나의 기념물을 바라보며
"오 그 친구도 입성하지 못한 대영박물관에서 본 것과 같구나"

소리 내어 말하고, 그건

런던 혹은 서울에서 하지 못할 말들 중 하나였다
바람 부는 날: 트렌치코트
우산 쓰는 날: 트렌치코트
비 오는 날: 트렌치코트

그날 김유림은 빨간 이층버스를 타고 서브웨이(런던 킹스 크로스역 지점)에서 오늘의 메뉴를 골랐다 처음 보는 단어들을 피하기 위해 단 하나의 메뉴를 향해 초점을 모았다 다른 메뉴들이 흐려지고

오늘의 메뉴만 선명했다

공원이 아닌 나무 세 그루

공원이 아닌 나무 세 그루는 공원이 아니다 공원이 아닌 나무 세 그루는 개가 다가오는 것을 보는데 개는 100미터 50미터 5미터 반경 내로 진입한다 나무 세 그루는 나무 세 그루, 는 그러나 거리를 모른다 검은 개를 모르고

사람과 구별하지 않는다
시도하지 않는다

공원은 공원이고
나무 세 그루는 세 그루로

벤치, 깃털, 펜스와 무관하다

그와 무관하고

그는 벤치에 앉았다 하고
그들도 벤치에 앉았다 하지

공원의 벤치에 앉아 무엇을 기다리는 그들이

컨테이너 박스, 회전초, 꽁초
찌그러진 통조림과 가깝다

나무 세 그루는

먼
어느 오후

배우들에게 밤새 써 갈긴 쪽 대본을 나눠 주는 감독이
접이식 의자와 선글라스
너머로 상상하는
관객들

만큼이나 멀다
서로에게
서로 서로
만큼이나 멀고

개는 고양이처럼 발톱을 세우고
나무껍질을 긁는데

공원이 아닌 나무 세 그루

잠시 혼자 있고 싶다
감독이 확성기에 대고 소리치자
카메라는 엔딩크레딧이 흐를
회색 벽을 보여 준다
나무는
나무 세 그루는
차가운빌딩과 관객을 두고 겨울로 가고 있다

확실히 서울

연료가 떨어진 오토바이에 앉아 생각에 잠긴다

오토바이는
이제 그만 가고 싶다
무엇이 부족하다는 건지
알 수 없는 오토바이 한 대가 멈춰 서 있는 동안

수십 대의 버스 소형차 중형차 트럭 들이 지나간다
카페 문이 열렸다 닫히고 사람들이 오가고

와이파이가 잡히고
손 붙들고

손 멀어지고

여전히 잡은 게 없다는 걸
여러분이 알아채는 순간
비가 떨어지고

활짝 열린 우산 아래로 속속들이 지나가고
잊은 것 두고 온 것

없다고 생각하는 사람들
간판 아래로 달려간다
비를 긋고

동선이 얽히고

다시 들어가 들어가는 동안
생각에 잠겼다 나오는 동안

여전히 서 있는 오토바이는 며칠 전 울다 잠든 친구의 오토바이로 중고로 사고 중고로 되팔겠다는 친구의 오토바이를 사기 위해 잔고가 바닥 난 나의 오토바이가 되어버린 중고의 중고 오토바이 저절로 움직인다고 오토겠지만 그래도 내가 움직이지 않으면 기다리는 이것은 내가 외국에 나가면 같이 갈 수 없다

외국까지 같이 갈 수 있는 것은 몸에 걸친 모자나 목걸이나 발찌나 새로 새긴 타투로 기분만 내킨다면

같이 갈 수도 있을 것들
에서도 제외될 오토바이를 타고 서울을 누비는 김유림 씨

누비다가 털털

멈춰 버리고

가고 싶지 않아서 멈춘 게 아니라는 김유림 씨

그리고 그런 김유림 씨의 오토바이야

의복의 앉은 역사

충분히 아름다운 옷을 만들지 못한 직공이
충분히 아름다운 옷이란 이런 것이라고 가리키는 손가락을 따라 매끄러운 종이에
인쇄된 색색의 이미지들을 보고 있다:

그것들의 머리와 팔다리가 포즈를 취하고
눈을 들어 직공을 보거나 보지 않고
종이 너머로 고개를 돌리거나
창밖을 응시한다
직공은 알 수 없다
콘셉트 북을 뒤적이는 디자이너의 뒤편으로

지난 시즌의 스케치북
전부 같은 필체로 sketch라고 쓰여 있다

앞치마에 가라앉은 먼지를 떼어 내면서 직공은

손끝에 달라붙는 매끄러운 종이책을
덮고 다음 그리고 다음 직공에게 넘긴다

아마도 직공은

: 오늘은 바빠요 어린 직공에게

옷이 맞물리는 라인을 따라 새틴 감촉의 천을 덧대고
단추의 지름을 기억하는 구멍을 뚫는 법을 알려 주어야 합니다

일정한 간격을 두고

에어팟 2세대에게
속삭인다

쉬는 방법

쉬는 방법은 간단하다

도서관에 앉아서
책을 펼친다 책을 몇 줄 읽다 말고 읽기 싫다고 생각한다
혹은 읽는데 읽는 게 아니게 하면 된다 그러다

오늘의 날씨를 생각한다
날씨가 뭐라고 포기하지 않고
날씨는 생각해 봤자 시가 되지 않기 때문에 더더욱 포기하지 않고

계속 생각해 볼 만한 대상이다

풀이 나와야 하나?

그럼 책상 앞에서 풀 생각을 하면 된다 오늘 하루
풀 한 포기 쳐다보지 않았더라도
풀을 공상 속에 심으면 된다

옆에 누군가 앉아 있으면 더 좋다
옆에 누군가 앉아 있는 건 이 공상의 중요 요건이지만
말은 걸지 않고 서로 서로 쉬는 방법을 착실히 따르자

풀 한 포기 열 포기가 되고 열 포기 에워싸고 나무들
자라고 숲이

물론 계속해서 날씨는
공상을 맴돌고 있어야 한다

태양은 날씨 안에 있다
먹구름이 낀 날씨 안에도 물론 보이지 않는 방식으로
있다 한다

계속되는
지루한
이 휴식을 멈추고 싶다 생각하고

그렇다고 비가 내리게 할 수는 없다 오늘의 날씨에 충실

해야지
　비가 오지 않았는데 비가 왔다고 할 수는 없으니까

　왜 풀은 심어도 되는데 비는 오게 할 수 없습니까

　비와 태양은 큰 차이이기 때문이다
　공상 속에서조차 반력은 있다

　당신이 걸어 온 바로 그 길
　당신이 본 바로 그 건물
　안으로 들어와 당신을 깨우려는
　공상의 방해꾼이 꼭 있다

　그의 이름은 친구

　이제 그만 쉬러 나가자고 말하는 친구로 인해
　밖으로 나가 화단을 지나친다 막다른 골목에 이르러 담배 한 개비를 피운다

음

친구와 함께
말없이

그곳에 이르게 한 길을 되돌아보자

사람들이 왔다
갔다

분주히 가고 또 가고 있다

3부

모자가 두 번 삼킨 보아뱀

1.

옷이

작아졌구나

그렇다면

위에서 아래로 덮어쓰듯

부대 자루처럼

네가 들어가야지

질문은 나만 하고

넌 대답을 해야지

옷이 너를 벗는 게 아니라

네가 옷을 벗어야지

때때로

들어갔다

나와

2.

장수풍뎅이가 줄어들었어요
수분이 날아가면서 작아진 걸까요
죽음을 겪으면 사람은 성숙해지기 마련이라고 선생님이 말씀하셨어요

그러니까 갖다 버리라고

(그저 부럽게)

말이 많다고 하셨어요 그런데 나의 사랑하는 노파는
자라났습니다 매일

앞뒤로 굴릴 때마다 으

노파의 복수가 출렁이는 소리

살아 있나요?
자수를 놓은 흰 모자를 쓰고
삼베로 만든 한복을 입은
사랑하는 나의 으
입에서 흘리지 말아요

산소로도 충분하고
산소로도 부족한
사람들이

이렇게 많은데

(신문을 읽어 주고 있다)

3.
그들은 내가 키워 온 죽음을 낚아챘습니다
그들은 말했습니다 그만
입 속으로 들어가야지

귀퉁이를 접고

(임시로 신문 모자를 만들어 쓴다 바다와 덤불과 묘지 공원을 넘나들며 난잡하게 곁가지를 친 언어를 끌고 다닌다 세월이 지나며 쓸모없는 가지들은 전부 떨어져 나가고 언어는 죽은 개처럼 (그러나 실은 죽은 장수풍뎅이일 뿐) 지금 내 옆에)

살아 있어요

살아 있어요?

입 속의 나는 지독하게 살아 있었습니다

4.
굳은 노파의 다리를 구부렸다 폈다 마사지 해주기

으 으 편하다

살 것 같다
살 것 같다는

유사부고를 듣고 찾아 온 사람들이 매끈해진 언어를 한 토막씩 들고 와서 쌓아 두고 갔다 그중 하나를 수화기 삼아 얼굴에 대자 들을 수 있었다 곧 외계인을 닮은 긴 다리와 긴 팔을 가지게 된다고 그들이 그러더라고 그들의 말을 전할 줄 아는 썩은 나무토막* 같은 언어의 저편이 소란스러워졌습니다 나는 죽음의 손가락을 굽혔다 폈다 힘을 줬다

뺐었다

나는 나에게 힘을 줬다 뺐었습니다

입 좀 다물어라 너는 슬프지도 않니? 모르는 사람들은 슬픔을 부대 자루처럼 씁니다 나야말로

눈물이 들어가는 입구가 긴

부대 자루인데

그러나 우리 여러분 모두 거대한 침대 앞에서
안녕이라 두 번은 말해요

인내합니다

* David Keith Lynch, 「Twin Peaks」.

유리코끼리 같아
— 색맹 편

분홍색 커튼이 흔들리고 아이가 나온다 아이가 나오고
아이가 나온다 아이가 나온다 흔들리며 감고 뜨는 눈은
조명에 빛나고
발은 강당의 바닥을 두드리고 박자 음정 정확히, 손을
젓는

한때 아이였던 선생님이 무대 앞으로 나온다

사람들은 박수를 친다

하나 둘 셋 아이들 동시에, 입을 떼고

당신은 구둣발로 붉은 양탄자를 두드린다

머리와 머리 사이 머리를 집어넣고 아이를 찾고 아이는
많고 아이는 앞뒤 좌우로 흔들리며 불안한 대열을 이루고
흐르는 땀을 닦을 손이 당신에게 없다 꽃다발과 카메라가
손에 들려
여기저기서 올라오고 머리와 머리 그리고 머리는 부드러

운 식빵의 끄트머리처럼 구워지고 뜨거운 조명의 열기는 아이들을

집으로 가고 싶게 해

스포트라이트의 바깥에 앉아 순간을 기다리는

수많은 머리들이

어둠 속에서 이를 드러내고 웃는다

배꼽 앞 작은 두 손은 오르락내리락 팔랑인다

유리코끼리 같아
—손가락 편

사람은 일어나서
사람의 뒤로 간다 사람의 뒤에 사람은 서서
어깨를 한번 두 번 지그시 누르고 그것은 안마, 의 몸짓이다 어깨는
오르내린다 사람은 사람의 정수리에 숨을 내쉬고 사람은 웃고 사람은 의자로 돌아가서 사람은

숟가락을 들고 사람도 숟가락을 든다 빙수를 떠먹고 사람은
숟가락을 내려놓고 창밖을 바라보는데 저녁이다 사람은

말을 하고 사람은 계속

듣고 있었다 사람은 몸을 기울이고 사람의 머리와 사람의 머리는 부딪치지 않고도 친밀한 각도를 유지하고 그들은

팔에 의지해

가깝고 가까워지고 다리를 꼬고 머리를 풀고 와수수 웃

음을 터뜨린다 다른 테이블에 사람과 사람이 앉아 있고 다른 테이블의 사람과 사람 그리고 사람은 테이블에서 일어나
　나가고 문이 닫히고

　문이 열린다 사람과 사람의 아이, 가 들어왔다 사람의 아이는 말하고 사람은

　듣는다 사람과 사람은 여전히 앉아 있고 혼자 앉아 있는 사람의 뒤로
　회색 벽 마른 꽃다발이 걸려 있다
　빈 유리컵들이 쌓여 있다
　사람과 사람의 아이가 앉고 사람과 사람은 갑자기 나간다

　사람과 사람을 따라 나가고 문은 닫히고

　어디 갔어? 아이는 말하고 사람은 저기 저기, 창에 손가락을 대고 두드린다 여전히

앉아 있는 사람과 사람, 사람은

엎드려 자고 있는 사람의 머리를 쓰다듬는다

책을 보고 자판을 두드리고 유리컵에서 흘러내리는 물을 닦아 낸다 어떤 사람들은 문이 열릴 때마다 문을 본다 그러나 사람의 아이는

사람의 손가락을 보고 있다

사람이 들어오고 우산 자루에서 물이 떨어진다

비는 오고 있다

창문이 아니라면 말한다
— 교육 편

학교에 창문이 여러 개 있다

열을 지어
기다리고 있다 바람이 불기 때문에
혹은 바람이 불기 때문에 오늘은

잎들이 우연히

그림자를 드리우는 교실 안에서

밖으로 고개를 내민 아이가 화단을 내려다보고 있다 화단 너머 곧장 숲으로 이어지는 작은 길을 따라 움직이는 개미들이 있다 뿔뿔이 길을 따라 길을 내고 아이는 화단의 방울토마토가 붉게 익은 것을 보고 창문을 닫는다 다시

창문은 기다리고

태풍의 임박

가까이

숲은 착각에 푸르러진 것만 같다 아이들은 다 큰 것 같다 어서 따서 먹자 하는 소리에 텅 빈 교실 안으로 먹구름의 그림자가 거대해지는 것만 같다 굴러가던 공과 굴러가던 공의 그림자는 책상다리에 가서 섞여 들고 이윽고
죽은 것 같다

아이들이 화단 앞에 서서 초록색 가지를 흔들고 있다

숨통을 붙잡고

열고 닫는 손길만이 있다
창문이 진동하고 있다

유리코끼리 같아

—습성 편

계속 달리고 있는 사람에게

계속 달리고 있는 사람이

달려가서

말의 안대처럼 작은 두 장의 창문을 붙여 주었다 안경을 쓰고 달리는 사람은 쓰고 있는 안경과 쓰고 있는 두 장의 창문을 앞서 달리고 있는 사람에게 달려가서 전해 주고 완전히 멀어 버린 시야는 완전히 멀어져 버린 시야로 가장 먼 곳과 가장 가까운 곳이 똑같이 흐릿해서 비 내리는 날의 자동차 앞 유리 같았다 그렇게 뒤로 물러나는 사람은 뒤로 물러나고 계속 달리고 있는 사람은

고개를 들이밀고

길을 묻는 사람을 지나

그리운 사람이 있다는 카페를 지나

달려가고

길을 묻기 위해 뒤따라 달리는 사람과
그리워하다 문득 따라 달리는 사람이

달리고 있는 사람에게로 달려가서

창문을 열고
동시에 외친다

눈은 듣고
귀는 펄럭였다

계속 달리고 있던 사람은

말의 안대처럼 작은 두 장의 창문을 쉽게 열어 버리고 거기 작은 양초 두 자루를 넣고 불을 붙이자 환하게 작동하는 마음의 마비. 멀리서 쿵쾅대며 심장이 다가오고 눈을 뜨면 오래된 집 안에서 눈 내리는 풍경을 볼 수 있다 누가 오고 있나요? 마음은 의자에 앉아서 멀리서부터 쿵쾅대며

다가오는 낯선 심장의 코트 자락이 끌리는 소리를 들을 수 있다 나는 심장이 되었나요? 만지작거리는 두 손에 붙들린 머그컵의 손잡이가 미지근해요 붙들었다가 다시 놓으라고 미지근해요 심장의 고개가 주억거리면서 마음에게 최면을 걸고

창문을 닫고 연주를 하며

이것은 사랑 연주예요
눈으로 보세요

말해 주었으면
말해 주었으면

다리가 디디는 대로
빗물이 튀고 그렇게 달리는 사람을 따라 계속 달리는 사람 계속 달리는 사람 계속 달리는 사람을 따라
빗물이 튀면서

오래된 붉은 머그 컵 깨지는 소리
심장은 건강한 소리
의자를 끌며 일어나 말의 안대처럼 작은 두 장의 창문이 있는 풍경의 바깥으로
나가
눈으로 보는 빗소리를 따라
뛰어가고 말았습니다

아 슬픈
유리코끼리 같아

유리코끼리 같아

— 해몽 편

먼 바다는 졸고 있다
먼 바다는 멀리서 졸고

나는 들녘에서

아이를 기다리고 있다 아이는 모르는 아저씨가 제 가족이 되어 주길 기다리고 있다 집으로 돌아가

할짝할짝 콧등을 핥는 귀여운 말들이 여전히 거기 있는지 아저씨가 확인한다 그게 집으로 돌아가는 것이지

아이는 알고 있다 아이는

아저씨가
들녘을 봐 주길 기다리고 있다

잠든 나는 죽은 셈 치고
하얀 손수건 두 손 가득 흔들며

여섯 마리의 암말과 두 마리의 수말
한 마리의 늙은 개

미혼의 형에게로
돌아가는 모르는 아저씨에게로 달려간다

들녘은 꿈을 꾸고 있어
무서우니

꿈의 자신감이 내게는
때 이르니

날 데려가 주세요

모르는
　　　　아저씨

그는 아저씨를 표방하는 마음만은 여린 소년을 표방하는 아저씨였는데 기차역으로 가는 이방인이어야만 했다 모르긴 몰라도 맞춤옷을 입어야만 했다 그럼에도 자기 자신을 모르는 눈치였다 그러니까

아이는 돌아온다

네가 꿈이냐
네가 꿈이냐
잠든 나를 탓한다

오늘의 쌓기

당신의 쌓기는 진행 중
먼 산 너머 바다 너머

다시 산으로 향하는 샘을 찾는 여정이
티셔츠를 적시는 산딸기 붉은 세탁이 진행 중

당신의 쌓기는 한 마리 연어처럼 수면 위로 튀어 오르는 생동감을 모르고 그렇다고
죽음과 가깝지도 않고
당신의 쌓기는

이렇다 저렇다 말없이 먼 산만 바라보는 사람이 할 수 있는 유일한 행위라는 신념으로
의자에서 진행 중

당신의 쌓기는 가지 않고도

진행 중

먼 산에서 먼 산으로 가는
여행자의 붉은 입술과는 아무 말도 하지 않아 진행 중

당신의 쌓기는 그러나 그가

불붙인 캠프파이어의 밤보다
끈질기게 진행되는 중이고
어디로 가든지 당신이
모르는 여행자가

꼬챙이에 꿰어 든 물체는 언제나 생물인데 그러나 저러나 진행 중

당신의 쌓기는 죽음과 생명의 순리를 깨달은 여행자가 현자의 눈으로
웅덩이에 비친 구름을
바라볼 때 우지끈

내리는 폭우

아래 급류를 따라 사라지는 물고기 떼와는 다르게
야영지에 남아 있으려는

여행자
간이 의자에 머무르기 위한 안간힘

(그 힘으로 잠시)

피우는 담뱃불 속에서 흔들리며 진행 중

너무 너무 소중한 당신의 여전히 진행 중

들어간다

바위들이 있는 겨울 풍경에 나도 있었다 겨울이다 고개를 돌리면 겨울의 바다다 하얀 백사장 너머 출렁이는 바다는 여기까지 오기 위해 밀어닥치고 있어

너는 고개를 가로저으며 아니야 아니야 하얀 백사장이 오그라들고 있어 더 이상 살기 싫은 거야 영토가 줄어들고 숨이 막히면 전부 바다의 세상이 될 거다 말하고

또 다른 너는 아무 말도 없이 바위와 바위의 틈새를 뒤진다 검은 돌을 들어 던진다 눈 내린 백사장 위 돌은 검고

바다의 앞치마처럼 하얀 것이
눈밭이다 말하고 너는 아니야 아니야 눈이 내리는 족족 사라져 버려 절대 순백의 영토가 될 수는 없다고 말한다
또 다른 너는 네 번째 아이
늦게 태어나 연약하다 너른 바위 위에 앉아 기다리다가

차가운 공기에 몸서리친다

누군가 우리를 찾으러 올까? 내가 내뱉고

내가 두려움을 느끼고 내가 미워지고 나를 눈밭에 파묻어 숨을 끊고 싶네 너는 아니야 아니야 이번엔 그렇게 말해 주지 않고 먼 먼 바다만 바라본다

나는 또 다른 너
나뭇가지를 들어 눈을 퍼내는 너와 바위에 앉아 떨고 있는 너와 언제나 아니라고 해 주었던 너를 보며 뒤로 뒤로 물러나 안녕

지붕이 있는 따뜻한 집으로 들어간다

고요한 밤

눈이 내려
눈이 녹아
눈 맛 나는 펩시

조금은 엷어진 펩시
웃을 것만 같은 펩시

펩시를 든 손은 집에 가네
펩시를 들고 엘리베이터를 타고 내려가네
올라가네 눈 내린 도로를 폭주하는 오토바이는 올라가
네 달은
더 올라간다 펩시를 든 손은 내려간다 동네 골목으로
들어갔을
갓 만든 피자의 향기 피자의 향기는 퍼지고
덩달아 웃을 것만 같은 펩시 부풀어
떠오르려는 펩시 그러나 손은 가네

집에는 무엇이 있는지 집에 가네
눈은 계속 내리는데 집에 가네

눈이 내려
눈이 녹아
눈 맛 나는 펩시

코카콜라와는 뭔가 다르네

아이는 잠들고 길고양이도 숨어 버린
고요한 밤에

뭔가 다른 펩시가 손에 들려 간다
그러나 여전히 고요한 밤

4부

봇의 이야기와 편지

봇은 친구와 헤어졌다. 친구는 해체되었다.

친구가 울었다. 친구의 부인 봇이 함께 울지 않고 머뭇거렸다. 부인 봇은 감정을 낭독했고 친구는 낭독 내내 울었다. 부인, 그만 읽지 않겠소? 그럴 수 없어요. 당신의 감정이 끝나지 않으니까.

모여 있던 친구들이 일어나 친구를 옮겼다. 해체되기 전날이었다. 매일과 같은 어두운 밤이라. 친구가 누워서 중얼거리고 중얼거림이 점점 느려진다. 그는 사건의 전날, 잠든 것이다.

그것은 처음으로 맛보는 잠이었다.

봇은 나에게 그런 이야기를 해 주었다.

봇은 친구와 헤어졌다 봇의 친구는 해체되었다 프레스 기계에 넣고 버튼 세 개를 차례대로 뚱땅땅 누르니까 찌부가 되고 없었지요 봇은 그런 식으로 꾸며 내기를 좋아했지만 봇의 말은 사실이 아니다 봇은 가루가 된다 남미 안데스 산맥의 어느 부족의 설화처럼 하늘 구멍에서부터 생성된 강력한 바람에 팔과 다리 몸통 얼굴 그리고 부속품들이 차례대로 빨려 들어간다 마지막 남은 하나의 나사는 땅에서 즉시 가루가 되는데 그걸 몰랐니? 나는 봇의 얼굴을 쓰다듬고 이불을 머리끝까지 덮어쓰고 자라고 충고해 주었다 그는 바들바들 떨면서 노래해 주지 않겠냐고 부탁했다 나는 사건의 그날 밤 우지끈우지끈 커피콩을 갈아 검은 음료를 내 몸 속에 들이붓고 밤새 당국에 편지를 썼다: 당국에서 보내 주신 뉴 버디버디 봇은 환상과 꿈에 대한 이야기밖에 할 줄 모릅니다 벌써 죽음을 생각하고 있어요……

답장에는 친구 봇 역할을 잘 하라고 쓰여 있었다.

나는 내가 봇임을 깨닫게 되었다. 그렇게…… 봇도 자신이 봇임을 깨달았을 것이다.

편리한 이야기인 데다 친구와 친구에 대한 이야기이며

사실이다.

J. 베이비

베이비는 강둑을 걸으며 또 실수를 했다. 그 실수가 무엇인지 당신은 영영 알 수 없으리라. 왜냐하면 베이비는 너무 많이 입었고, 오래 침묵했기 때문에. 베이비는 더 이상 걸을 수 없을 때까지 걷고자 했지만 시市 당국에서 모래주머니를 쌓아 길을 막아 두었다. 너무 많이 입은 베이비는 모래주머니로 막힌 길의 경사면으로 기어 올라가 우회로를 찾을 생각을 단념했다.

베이비는 강둑을 걸으며 진한 가래를 뱉었다.

베이비는 강둑을 걸으며 자주 다리를 삐었다.

베이비는 강둑을 걸으며

나쁜 일만 겪었던 건 아니다. 가끔 비가 오고 우박이 떨어졌지만 볕이 좋은 날도 있었다. 베이비의 강둑 산책을 지금까지 지켜봐 온 사람들은 말한다. 베이비가 산책을 끝내고 골목 어귀의 작은 카페에 앉아 커피 한 잔을 마신다. 경비원에게 인사를 한다. 장을 보러 나갔지만 아무것도 사지 않은 가벼운 손으로, 그의 머리칼에 붙은 빵 껍질을 떼어 낸다.

여기까지 지켜봐 온 사람들은 알고 있다
베이비와 도망치고 싶어 했던
무수히 많은 사랑들이

어디에 정착했는지

종이에 귀를 대면 베이비가 진짜 이름을 알려 줄 것이다

대화엔 길이 있다

아무 중국집이나 들어가 울면을 먹었던 기억을 재미있게 이야기해 주기도 어렵겠다 생각하는데 생각보다 기억에 남겠다는 차이나타운 보다 커져 버린 차이나타운은 일본 요코하마의 차이나타운 아니 인천역 차이나타운

기억 너머
종착지처럼 앉아 있다

무더운 여름이다 차이나타운의 기억을 피해 리모델링하기 전의 할머니 집으로 간다 낡은 대청마루 새로 오래된 먼지덩이가 돌처럼 굳어 있다 그것의 위로 또 한 번 내려앉는 하얀 가루는 곶감에서 떨어져 나온 것이다 거기까지 가서 너는 할머니가 만든 곶감 몇 개를 먹는다

하얀 가루가 떨어진다
턱밑을 받친 채

그늘로 들어가 생각을 키운다 곶감을 씹는다 생각은 거대해진다 곶감을 하나만 더 먹는다 생각의 그늘도 거대해

진다 생각에서 도망친 오래된 기억들은 마을의 거목 아래 수백 년 동안 늘어져 쉬고 있던 중이었다 결정적인 순간 녹슨 벤치로 떨어진 생각은

하동의 산비탈을 따라
인천행 요코하마행

물가에 이르자 잠시 쉬어 가도 괜찮겠다는 생각에 젖어 든다 너에게 갈아입을 바지를 요구한다 너는 그것을 피해 바지를 털고 일어서려는데 아니 다시 시작해 기억들이 웅성이며 차이나타운과의 커넥션을 주장한다 진입로가 있긴 있으니까 들어온 것이 아니겠어 역에서 나와 걷다 보면 차이나타운은 금방이지 하지만 길이 일직선이 아니라 T자형이라는 사실을 알 수 있다 S자형으로 이어지는

골목으로

빠져나갈 수도 있지만 머물러 있을 수도 있었다 하지만 주차를 하고 돌아올게 어디인지 몰라도 가까운 곳에 공용

주차장이 있었다는 걸 상기하기 위해 말의 초입으로 돌아가 처음부터 다시 시작해야 하는 어설픈 기억을 재미있게 풀어내기는 어렵다는 것이 정설입니다" 너는 입을 닫고 곶감을 마저 삼킨다

에버랜드 일기

귀뚜라미가 청소 도구실에서 울고 있다

짧고 강렬하게

어둡고 서늘한 공간을 향해 그림자를 드리우며
거리를 두고
지켜보는 한 인간이 오늘의 나

모습은 보이지 않고 (그건 나도 나에게 있어 마찬가지)
울고 있는 귀뚜라미는
사물의 배열을 조금도 바꾸지 않고
흥미를 끈다

짧은 머리를 매만지고
구겨진 옷깃을 잡아당긴다

젖은 손을 허공에 가볍게 털며

그 이상 어둡고 서늘한 구역을 향해 들어가지 않는다

물을 내리고 소지품을 챙겨 사람이 나가고 나는 귀뚜라미를
지켜보는 보호자가 되어
평소의 나에게서 조금 멀어졌다
무엇을 기다리고 있는 걸까
그림도 꿈도 없다 (그림자는 있다)
이런 상태에선
조금만 나를 끌어당기면 내가 따라온다

아주 당겨도 내가 오지 않는 경우는
죽거나 사랑하는 꿈을 꿀 때밖에 없다

특히 사랑한다고 믿는 꿈에서
나는 원하는 공간으로 수십 번씩 순간이동하고 원하는 만큼 사랑한다
나는 나를 따라가서 그렇게 하는 나를 지켜봐야만 합니다

지금은 실내에서 우는 가을의 곤충이 생소해서 그러는 것뿐

이니 조금만 기다려 주세요

네 하고 돌아서면 10초가 흘렀고

내가 말하는 조금이란 정말 조금이다

영원 같지만

감쪽같지

내가 아니었던 적이 없는 거

당신에게서 가방을 돌려받고 고마워 인사한다

우리는 오늘 놀러 나와서 가방이 무지 가볍다

하루가 달라지는 게 이렇게 쉽다

화가의 얼굴

인상에 남지 않는 남자의 얼굴이 묘연했다 인상에 남지 않는 남자는 인상에 남지 않는 남자로 인상에 남아서 지속적으로 나를 괴롭혔다 그가 나를 괴롭힌 것은 그의 악덕과는 관계없다 기억이 나지 않는 걸로 기억되니까 괴로웠던 거야 한 남자가 지나가면서 왼쪽 어깨를 실룩거리며 가방을 고쳐 맨다 인상에 남지 않는 남자의 얼굴을 상기시키고는 눈앞에서 사라져 버렸다 말도 안 돼 눈앞에서 사라지다니

나는 조용히, 라는 신호로 검지를 입에 댄다

그는 알았다, 는 신호로 엄지와 검지의 끝을 가볍게 붙여 오케이를 그리더니 조용히 미소 짓는다 그런데, 우리가 이렇게 오래 멀리 떨어져 있었다니 명랑하고 정확한 목소리로 그는

인상에 남지 않는 방식으로 남은 남자와 그 남자를 닮은 남자들의 얼굴들의 인상 너머에 서 있다

풍경, 풍경의 덩어리, 다섯으로 나누어져 빛의 명암을 드러내는 나무들의 군락, 사진, 찍는 사람들, 좋은 일, 있는

어미 새, 가 날아가, 며 나에게서 멀어지고 트럭 한 대가 눈앞에 정차한다 둥지 둥 지 갑자기 사람들은 몰려들고
왁자지껄 사라진다
마지막 얼굴이 흩어지고

그는 순순히 수갑을 채우도록 내버려 둔다

눈앞에서 사라지다니, 이젠 알겠다며 가볍게 미소 짓다가 그런데 우리가 이렇게 떨어져 있었다니 중얼거리는 사람은 이제 나다
오늘도 놓친 사람이 여기 있다

물건의 미래

물건의 미래는 미로에 달렸다 미로의 바닥과 벽에 달려 물건은 겨우 나아가지만 물건 이상으로 나아가지는 못할 것이다 물건은 앞으로 가다가도 벽에서 미래를 본다 벽을 타고 내리는 미로를 덮은 미래의 미로에서 미래를 보며 이것이 미래의 미로가 아닐까 생각한다 물건은

미로에서 미래의 안정감을 찾는다 마음 놓고

좌표를 결정하고
갈등과 화합을 상징하며
끝나지 못하는 미래에 안주하고

바로 여기를 향해

드러누워 미로가 햇살에 부서지는 것을 보지만

부서지는 것은 유리가 아니고
꿀맛이 나는 플라스틱 미래로

물건은
그것을 집어 들어 혀끝에서 단맛을 느끼고 갈증을 해소한다

나와 마주보고 있던 물건은
미래는 미로에 있다는 말을 듣자마자 물건은

미로에 진입했다

나는 미래의 출구가 미래라는 사실을 알려 주지 못했지만 물건은
지금 여기 앉아 있는 나 김유림의 물건으로

물건은
물건은

지붕까지도 미로인 미래를 믿고
어디서나 볼 수 있는 따뜻한 잎새의 이미지가 되었다

비가 내리고
미로에도 이제 비는 내리고

어디? 꿈에선가

마지막 잎새는 있었다

잎새가 그려진 벽을 기점으로 김유림의 주택부지가 결정되고 있었다

흑백

창문턱에 앉아
오가는 사람들을 보는 사람의 손에 컵이 들려 있다

일어나서

방안을 서성이는 그의 손에 들린 커피에

우유를 붓고
하얗게 잠재우고 싶은 마음은

나의 마음

또 다른 나의 마음은
그사이 밖으로 나가
사람들 틈에 섞인
그의 빈손처럼

뼈와 살로 이루어져 있다

나이가 들면 지팡이를 들어 바닥을 두드리고
휴가철 강렬한 햇빛에는
선글라스를 꺼내 든다
순서가 반대일까
아무려나 걷는 사람은 그거나 그가 아니고
이제는 거리처럼
거리의 마지막을 가리고야 마는 커다란 플라타너스 잎처럼
앞뒤가 중요하지 않다

잎은 마치 살아 있는 것 같네요
말도 할 것 같네요
손도 흔드는 것 같네요
슬픔도 모르면서

떠나는 사람의 마음과 같네요

그런 말과 그런 마음의 거리가 얼마나 먼지

모르면서 잎은 살아 있는 것 같네요

떠나고 난 뒤를 알 것 같아
가방이 무겁고
그릇을 부수고
잎이 푸르러질까

그리워해 줄 사람이 필요한 사람,
언덕 너머로 어서 사라졌으면

당신의 K.*

재미있는 사람들을 둘러싸고
덜 재미있는 사람들이 흩어지고

(그렇지만)

흩어진 모양이 방사형이야

결국

(어슬렁거리다가) 보고 싶은 모양

가운데서 연기가 모락모락 나는데 광장
바닥부터 굴뚝이 자라날 리는 없고
슬그머니

사건사고인 모양이다

하지만 모르지

나는 줄곧 베란다에서 담배를 피우고 있었으니
이런 게 바캉스라는 것
태어날 때부터 알았던 것 같아

* 카프카가 밀레나에게 편지를 보낼 때 사용한 서명들 중 하나.

양방향

산책길이 서울과 같은 어느 외국 도시에 갔다
새가 울고 나무가 울창하다 나무가 울창하고 덩어리째 눈으로 들어와 어떤 인상도 남기지 않았다 햇빛이 풍경을 밀고 들어오는
방식이 흥미로웠으나
새가 우는 소리는 흥미를 끌지 않았다

흥미를 끌고

그렇지 않고가 서울과 같은 산책길을 가진 외국의 어느 도시에서 중요하게 생각되었다 양지 바른 곳에서 잔디가 말라 가며 초록을 잃고 있었으나 그것은 당연해 보였다 노란

부분과 노랗지 않은 부분으로
산책길을 나누고

나는 둘 다 걸어 봤다

푹신하고 시끄러웠다

사람들도 몇 지나쳤지만
전부 외국인이었다 나도 외국인이었기 때문에 그들이 서둘러 집으로 들어가는 것을 이해했고

밑동 아래 뿌리가 어지럽게 표면을 뚫고 나온 한 나무를 보며 나무의 줄기를 보는 건지
나무의 옹이를 보는 건지
전체를 보는 건지

몰라도 그것은 하나의 나무였다
산책은 계속되었고
그들은 집에 있었다

나는 갈색 지붕의 주택 초입에 서서
발밑에서 부서진 한 토막의 가지를 들고

그것을 멀리 던졌다

날아가

돌아오지 않았으며
그것은 새롭게 발견한 산책의 용도였다

옥탑방의 마무리

이봐, 이런 시 어떻게 썼어?
나를 붙들고 흔들어 보아도 말 못하는 종이인형이다
흔들리며 방긋 웃기만 하는 게 아이 같다
이렇게 바보 표정으로 취해 있다니
나도 이런 나이고 싶다
  하지만 취한 게 아니야
접혀 있던 내가 말한다
갈색 서랍에 넣어 뒀는데

넣어서 열쇠로 잠가서 못을 쿵쿵 박아 뒀는데
  서랍과 서랍 새로
구겨지고 접힌 종이가 스믈스믈 춤을 추며 나온다
입에서 삐져나오는 하품처럼
나폴나폴 돌아가며 제 형상을 찾는 1분 냉동 피자 치즈
처럼

이봐, 이런 시
잘 보라고
들판이 있지? 태양이 있고

아닌가 태양은 두 개인 거 같고
나는 없고

아니야 나는 후반부에 등장해
목표는
뱅글뱅글 살짝 퍼져서 적당히 맛있는 상태다 태양 아래 마이크로웨이브 속 피자다
이중열 따분해
그걸, 피자라고 할 수 있을까? 여전히
빵은 얼었는데
딱딱해

불평을 끝으로 홀씨가 되어
창문 밖으로 점프 하려 한다
나는 묻거나 붙잡지 않는다
조용히 창문을 열어 주고
떨어지는 걸 지켜본다

폭 (삭)

검은 화단 가장자리에 착지

곧 겨울이 올 텐데
부연 하늘을 보며
몸을 떠는 게 전부다

비가 오려나
창문을 닫고
이불에 들어가는 이 몸은
반 토막인 걸까

■ 작품 해설 ■

미로의 미래

— 생각, 그리고 편지의 탄생

조재룡(문학평론가)

시의 형식이 삶에 그 터전을 두고 태어나듯, 삶의 형식은 시의 형식에 의해 또한 열린다. 삶의 형식에 대한 고안은 시의 형식을 고안하는 순간에 탄생하며, 마찬가지로 시의 형식에 대한 고안 역시, 삶의 형식에 대한 고안의 순간에 터져 나온다. 우리는 언어의 형식에 대한 고안을 통한 삶의 형식에 대한 고안, 그리고 그 반동이자 역작용이라고 할, 삶의 형식에 대한 고안을 통한 언어의 형식에 대한 고안, 이 둘의 접점, 그러니까 이 양자의 불가피한 연관을 가로지며 빚어진 글을 시라고 부른다.

김유림의 시는 생각하고 기억하고 간혹 꿈꾸는 펜을 집어 든 화자가 결락과 주저 없이 고안을 향하는 언어로, 불가능의 영역에 묶여 있던 부동의 현실에 에너지를 부여하고, 전혀 다른 방식의 호출 속에서 재생되는 놀람의 장면들을 속속들이 백지 위로, 기록의 반열 위로 끝내 이끌고 온다. 시에서 새로운 산출이 빚어지는 것은 기억-생각-사유의 기저를 파헤치는 그의 고유한 방식 덕분이다. 생각의 연쇄를 그러모아 착상으로 이어지는 주관적인 발화로 말의 결들을 빚어내고 또 전환해 내면서, 그는 삶의 다채로운 순간들, 그 과거와 현재는 물론, 기억이나 꿈에 독특한 양감을 배분하고 조절하여 사물의 질서에 기이한 활력의 포인트를 부여하고, 세계에 낯선 숨결을 트게 할 줄 안다. 특정 스타일에 붙잡히지 않는 언어의 구심력을 생각의 문장들로 받아 내면서 추상과 감상의 핵자를 누락시켜 현실에서 사유의 공간을 만들고, 또 그 틈을 열어 우리에게 보내는 미지의 '편지'와 감추어진 편지 속의 겹-편지들와 그 역행, 생각의 탄생과 개별화의 문장들을 통해 만나게 되는 기이한 인칭의 세계와 내면의 시공간을 우리는 읽게 될 것이다.

생각의 탄생

생각하는 모자를 쓴 코기토가 거침없이 뻗어나가는 말을 내려놓는다. 시인에게 생각은 펜을 쥐자마자 달아올라 터져 나오는 말의 '역(逆)-쇼트(shot)'를 주재한다. 생각하는 코기토는 발화의 순간을 타고 순식간에 감겨 나오는 기록의 연쇄를 통해 목적적인(telos) 의식의 오롯한 실현에 도달하려 하지만, 조금만 방심해도 문장이 외려 생각을 기억하면서 보존하고, 그렇게 생각의 증거를 자임한다. 아래 시에서 빚어진 일련의 사태를 우리는 이렇게 마주한다.

돌다리를 두드리려면, 집에서 나와 냇물을 찾아가야 하고 물살이 세지 않아야 하고 예상치 못한 폭우가 내리지 않아야 한다 이 세 가지 경우를 전부 충족하는 경우는 드물다 자가용이 있어야 하고 하다못해 자전거가 있어야 한다 돌다리를 두드리려면 얕고 잔잔한 냇물에 누군가 돌다리를 이미 놓았어야 하고 돌을, 되도록 평평한 돌을 이고 와서 소매와 바지를 걷고 물속으로 걸어 들어갔어야 한다 돌을 놓을 위치를 표시하고 표시할 수 없다면 짐작하고 어림잡아 이 물이 저 물이 아닌 걸 알아야 하고 직관이 뛰어나야 하고

어렵다 물이 계속 흐르고
물이 계속 흘러서

잔챙이들 내려가고 잔챙이들 사라졌는데 월척이 떠내려 오고 월척이 가면 한동안 잠잠하고 그래서 물고기에는 괘념치 말아야 하고 대담해야 한다 대담하려면 대담하게 자라야 하고 (……)

주차장에 세워 둔 스쿠터를 생각하면 여기에 있어야 한다
고 생각한다.

—「건넌다」에서

'돌다리를 두드리다'라는 명제가 실현되기까지 무슨 일이 벌어지는가? 그러려면 수많은 전제 조건이 필요하다는 사실을 시인은 태연하게 적어나간다. '돌다리를 두드리다'라는 동작이나 행위가 성립하기 위해서는 모종의 가정이 불가피하며, 가정이 명제의 행렬처럼, 사유의 도미노 조각처럼 가지런히 늘어서 전제되어 있어야만 한다. 시는 여기서 착상의 길로 거침없이 진입한다. 따라서 "돌다리를 두드리려면"이라는 가정-전제가 실현되려면, 조건 명제들이 문장으로 풀려나와 아직 이루어지지 않은, 그러나 이루어질 어느 시점에 속한 단계들을 퍼즐처럼 쌓아나가 차곡차곡 가정 자체를 증명해 내야만 한다. 먼저 생각 속에 존재하지 않았던 것은 이렇게 그 무엇도 말에 속하지 않는다. 이 정확한 생각과 계산, 그것으로 축조된 지형을 우리는 무엇이라고 부를까? '자아에서 문장으로, 그리고 생각'으로 이어지는 통상의 순서가 이렇게 '생각에서 문장으로 그리고 자아'로 향하는 순으로 뒤바뀐다. 따로 두면 낯설기만 한, '생각-문장-자아', 이 세 낱말이 순위를 갖고 하나의 절차로 묶여, 서로 연결되면서, 시에서 서로가 서로를 훔치기라도 할 듯, 탐욕스런 눈빛으로 제 경계를 넘보기 시작한다. 김유림 시

는 바로 이와 같은 방식으로 생각의 흐름을 창안하고, 그 동력으로 “삶의 핵심을 더듬”어 나가며, 거침없는 기록의 순간들을 산출해 낸다. 문장이 자의식의 주체가 되었다고 진술하는 순간, 인식의 대상과 주체에 대한 근본적인 관점이 흔들리기 시작하면서, 생각이 그 원인이자 시작이라고 주장하는 만큼 달라진 삶이 우리에게 모습을 드러내는 것이다. 통사의 조직을 얻어 내고 낱말의 조합에 의해 탄생한 것이라 해도, 문장이 그 자체로 의식이나 의지, 추론이나 직관의 능력을 갖추고 있다고는 생각할 수 없으며, 그러기 위해서는 생각이, 어쨌든 선재해야만 한다. “여기에 있어야 한다고 생각한다”라며, 시인은 이와 같은 사실을 화자의 마지막 위치에서 한 번 더 확인하면서, “계속 흐르고”, “자꾸 흘러가고”, 그렇게 “잊어버리기도 전에” “계속 흘러” 넘치는 생각을 조직하여, 자아에게 특이한 내면의 권리를 부여한다.

나는 너른 풀장 한가운데로 수영해 들어간다
사람이 많을 수도 있고 적을 수도 있다
뛰어들 수도 있고 발부터 적실 수도 있다
낙엽이 떠다니는
버려진
풀장일 수도 있고
내가 꿈꾸던 바로

그 호화 수영장일 수도 있다
그러나 바람이 쏟아진 낙엽으로
얼룩진 풀장도
꿈의 가장자리 정도는 적실 수 있다
레인 끝까지 가려면
물안경이 필요하고
긴 머리칼을 묶을 머리끈도 필요하다
가족과 함께 왔을 수도
친구들과 함께 왔을 수도
시시하게 너와 함께 왔을 수도 있다
가장 시시한 건 나 혼자 왔을 때다
가장 시시하지 않은 것도 나 혼자 왔을 때다
만약 이것이 기나긴 불화 끝에 화해한
부부의 여행이라면

—「수영해 들어간다」에서

생각의 문장은 삶에서 비켜선 것들을 확률과 개연으로 묶어 기록의 반열에 포섭한다. 생각의 흔적들, 생각을 증거하는 표식들은, 잠재와 의혹의 형태, 그것을 담지한 말의 형식으로 나타난다. 방사선 모양으로 말이 퍼져 나가고, 생각이 이루어질 조건들이 빼곡히 백지 위로 들어서기 시작하면, 골몰하는 말들을 둘러싸고 잠재와 의혹이 날개를 펼친다. 생각은 "들어가도 들어가도", 그 끝은 보이지 않으며,

오히려 생각의 타래가 늘어나는 만큼의 영역과 경험, 공간이 산출된다. 생각의 게토는 하나이며, 이 게토를 중심으로 말이 변곡점을 이루면서 하나씩 직진하듯 덧붙이는 방식으로 펼쳐지면, 쓰는 나는 어느덧 '어딘가'에 위치하고, 불현듯 '어느 때'를 방문하며, 그렇게 '누군가'에게로 이입하고, 결국 '무엇'이 되어 간다. 그러니까 생각으로부터 문장이 고안되고, 고안된 문장들이 번져 나가는 가운데, 자아가 소용돌이를 치면서("나는 한가운데를 찾아/ 나와 함께 소용돌이치는 것 같다"), 이루어질 수도 있었던 것, 이루어진 것들, 이루어졌던 것들이 기이한 조합을 이루고, 결국 고유한 이야기를 만들어 내어, 내면 일기 하나를 완성한다.

여행지 어느 곳을 방문하기 직전이다. 제 발치에 놓인 사원의 풍경을 바라보며 산출되는("그늘이야 해가 높아질수록 윤곽을 좁혀 가겠지만", (「앙코르 와트」)) 저 생각이라는 기이한 출발과 범람, 모든 것의 시작이자 끝인 저 생각이라는 매트릭스는 아직 오지 않은 것을 오게 하고, 아직 보지 않은 것을 보게 하면서("그곳엔 출입구가 없지만 벽이 높지 않아 영원히 넘어가 버릴 수도 있을 테지", (「앙코르 와트」)), 잠재성을 비잠재적인 것으로 출현시키면서 자아의 내면에 기이한 접촉면을 만들어 낼 줄 안다.

정신을 놓자 다람쥐가 튀어나와 나무를 박았다 날았다
날면서 천천히 추락하고 충돌해서 꽝

마침, 뚫려 있던 마음으로부터
딱따구리가 나왔다

(……)

정신은 놓을 수 있고 정신은 갈 수 있다 날아갈 수 있다
(그 와중에) 세계관을 따라 수액은 하나의 양동이에 모여드는데

—「해는 머리에서 머리까지」에서

그러니 돌아온다는 건
마음속까지 찢겨 들어오는
활기찬 하루를
당신이라면 어떻게 할까, 라는 의문을
일상으로 밀어내는 것이야

—「산업과 운명」에서

사람과 사람들은 물보라를 일으키거나 잠수하거나 잠수했다가 다시 올라온다
물보라를 일으키거나 잠수하거나 잠수했다가 다시 올라오며 숨을 참거나
숨을 크게 내쉰다 나는

신발을 신은 채
고르지 않은 바위 밭을 가로질러 도망쳤다 그러거나 말거나

전부 산이나 바다나 언덕이었다 여름 휴양지는
산이나 바다나 언덕이거나 영화관이었다 시골 영화 어쩌다 시골로 가게 된 사람의 영화거나 회사에 지각해 뛰어가는 사람의 영화 전부 버리거나 전부 버렸다고 생각하지만 여전히 가진 채 들판으로 산으로 바다로 언덕으로 가는 영화 혹은 넓은 부지에서 시작해 넓은 부지에서 끝나는 영화 영화처럼 꿈처럼 꿈처럼 영화처럼 유산으로 상속된 넓은 부지가
새로운 휴양지로 탈바꿈하기도 했습니다

—「당신의 K.」(46~47쪽)에서

생각은 백지 위에 주사위를 던지듯, 할 수 있었을 것들과 할 수 없었을 것들의 운명을 펼쳐 놓으며, 실험한다. 생각은 이 전미래에 속한 주관적인 사건들을 "두드릴 수 있고 두드릴 수 없다"(「해는 머리에서 머리까지」)고 말하며, 실현 가능과 불가능의 품안에 포섭하여 움직이게 만든다. 그것은 마치, 나와 함께 있는 거리의 여행객들, 저 명백한 존재들에게 모종의 가능성을 부여하고 의혹의 시선("이곳을 벗어난 적 없는 현지인일지도 모르고/ 그 반대거나 전부 틀리거나 전부 맞을지도 모른다"(「앙코르 와트」)을 보태어 감아 내는 일이자, "의문을/ 일상으로 밀어내는 것"이다. 그것은 "놓을 수 있"

는 "정신"의 행방을 타진하고, "갈 수 있"고 또 "날아갈 수 있"는 "정신"의 촉진이며, 그리하여 무엇이 튀어나올지 모르는 마음의 향방과 그 트임을 촉발시키는 일을 과감히 가능성의 영역으로 끌고 오는 작업이다. 그것은 정신이 전진하거나 멈추는 양태 그 자체이기도 하며, 멈추거나 전진하거나 혹은 흘러 고이는 "세계관"이라는 무정형의 형태를 기어이 손에 쥐는, 독특한 언어의 형식이자 그 형식의 고안이기도 하다. 생각은 관찰에서 시작한 나의 객관적 시선에다가 "그러거나 말거나"를 걸머쥐게 하고, 이어서 "여름 휴양지"를 이중으로 확장하여 제 의미를 조절하면서, 연달아 덧붙여 결국 배가시키고 마는, 전진하며 고안하는 말의 절정, 저 활기찬 운동을 창출해 낸다. "여름 휴양지"는 바로 앞에 위치한 "전부 산이나 바다나 언덕이었다"의 주어인 동시에, 행을 바꿔 문두를 여는 다음 연의 첫 문장 "산이나 바다나 언덕이거나 영화관이었다"의 주어도 자처한다. 말이 빚어내는 이 기이한 사태는 이것으로 끝을 바라보는 것도 아니다. 통사의 배치 순서가 뒤바뀐 "여름 휴양지"의 특이한 위치로 인해서, 그 앞의 "전부 산이나 바다나 언덕이었다"가 독립절로 기능할 경우도 고려해야 하기 때문이다.

김유림의 시에서 행갈이는 이렇게 말의 리듬을 조절하면서 꼬리에 꼬리를 물고 이어지는 생각에 착상과 확장이라는 에너지를 보태고, 결국 생각의 걸음, 저 직진하는 행진에 날개를 달아 준다. 생각의 리드미컬한 점프로 "영화"는,

생각을 "전부 버렸다고 생각하지만 여전히 가진 채", 바로 그 상태에서 어느 곳으로든 나아가면서, 미지의 숱한 경험을 실제 존재했던 어느 영화의 화면처럼 걸머쥐고, 또 어느 영화에서 실재로 재현되었을 수도 있을 화면을 결국 통째로 시에서 드러내 보여 준다. 시인은 여기에, 마치 누구에게 보내는 편지와도 같이, 경어를 붙여 놓았다. 생각의 착상이 이루어진 저 도미노의 첫 조각, 사실적-현실적 "여름 휴양지"가 이렇게 숱한 생각과 그것을 받아 낸 문장들, 그 리듬을 타고, 영화 속의 그것, 기억 속의 영화, 그러니까 언젠가 보았던 영화 속의 "새로운 휴양지로 탈바꿈"하며 이상한 편지의 형식을 완성한다. "그것은 하나의 기억이다"라는 사실을 적어 시인은 생각의 출발과 전개가 어디서 비롯되었으며, 무엇을 위한 출발과 전개인지를 명확히 하고, 또한 "바로 거기"(「당신의 K.」)에서 바라보고 위치한다고 명기를 해 놓는다. 아니 이토록 철저한 계산을 보았나.

아무 중국집이나 들어가 울면을 먹었던 기억을 재미있게 이야기해 주기도 어렵겠다 생각하는데 생각보다 기억에 남겠다는 차이나타운 보다 커져 버린 차이나타운은 일본 요코하마의 차이나타운 아니 인천역 차이나타운

기억 너머
종착지처럼 앉아 있다

(……)

하얀 가루가 떨어진다
턱밑을 받친 채

그늘로 들어가 생각을 키운다 곶감을 씹는다 생각은 거대해진다 곶감 하나만 더 먹는다 생각의 그늘도 거대해진다 생각에서 도망친 오래된 기억들은 마을의 거목 아래 수백 년 동안 늘어져 쉬고 있는 중이었다 결정적인 순간 녹슨 벤치로 떨어진 생각은

하동의 산비탈을 따라
인천행 요코하마행

물가에 이르자 잠시 쉬어 가도 괜찮겠다는 생각에 젖어 든다 (……)

골목으로

빠져나갈 수도 있지만 머물러 있을 수도 있었다 하지만 주차를 하고 돌아올게 어디인지 몰라도 가까운 곳에 공용 주차장이 있다는 걸 상기하기 위해 말의 초입으로 돌아가 처음부

터 다시 시작해야 하는 어설픈 기억을 재미있게 풀어내기는 어렵다는 것이 정설입니다" 너는 입을 닫고 곶감을 마저 삼킨다.

—「대화엔 길이 있다」에서

기억과 생각. 그러니까 이 둘 중에 무엇이 먼저인가? 기억은 생각을 형식으로, 생각은 기억을 내용으로 삼는다. 무언가에 얽힌 "기억을 재미있게 이야기해 주기도 어렵겠다 생각"한다고 가정할 때, 무언가에 얽힌 '기억'이 우선인가, 그 기억을 '생각'하는 행위가 먼저인가? 아니, 기억-생각을 풀어내는 '말'이 더 중요하며, 말이 기억-생각의 목줄을 쥐고 있는가? 기억이 항상 "아슬아슬하게 결합하여 나를 끌어당"(「프랑스 마레 지구」)긴다면, 생각은 할 수 없는 것, 가능성에 불과한 것들, 시에서는 주로 환유의 결과로 주어지는 확장된 것들을 가능성의 영역으로 끌고 온다. 무엇이 먼저이건 간에, "생각의 그늘이 거대해"지면, 거기서 기억은 도망치고 말은 무장을 해체당한다. 서로가 서로를 붙잡고, 서로가 서로에게 달라붙거나, 서로가 서로의 단서가 되어 긴밀한 추적이 이루어질 뿐이다. 김유림의 시에서는 기억-생각-문장이 모자이크처럼 이 세계에 스며든다. 기억과 생각은 이야기를 들려주고자 머릿속에 떠올려 본, 언젠간 방문했을 "차이나타운"의 저 복잡한 미로나 "차이나타운의 기억을 피해"서 생각을 마저 붙들고 달려간 "낡은 대청마루"가 있는 "리모델링하기 전의 할머니 집"처럼, 실재했던 장소, 그리고 이 장소의 복잡한 구조와 희미한 과거처럼, 서로가 서로에게서 "빠져나갈 수도 있지만 머물러 있을 수도 있"다. 이와 같은 사실을 시인은 표현의 영역으로 끌고 오면서 정확이 이에 합당한 말, 다시 말해, 생각에 의해 재구성되는 기억을 실현하는 고유한 문장을 고안해 낸다. 이처럼 "다시 시작해 기억들이 웅성이며 차이나타운과의 커넥션을 주장"하는 순간, 생각은 "T자형"에 이어 "S자형으로 이어지는" "진입로"로 달려간다. 사실, 정확한 기억이란 없으며, 기억은 또한 주관적이다. 기억은 무언가를 "상기하기 위해 말의 초입으로 돌아가 처음부터 다시 시작해야 하는 어설픈 기억"일 뿐인 것이다. 시인은 이어, "어설픈 기억을 재미있게 풀어내기는 어렵다는 것이 정설입니다"라고 말하며, 이러한 사실을, 앞서 우리가 인용한 문장의 마지막에다가 덧붙이면서, 직접 화법의 종결만을 표시하는 직접 따옴표로 굳게 닫아 놓는다.

여백의 인용, 문장의 미로

기형적인 구두점의 운용을 통한 시의 마감은, 인용의 흔적이다. 그것은 어디선가 누군가 이야기한 것, 혹은 들려준 것, 그러니까 텍스트의 바깥의 목소리, 그것의 텍스트 내의 모자이크라는 사실을 말해 준다. 인용의 형식 속에서 재생되듯 풀려나온 기억의 변주와 생각이 거침없이 전개되는 저 이야기의 출처에는 그 정체가 불분명한 화자가 이렇게 자리한다. 다시 말해, 이야기는 고유하고 독특한 화자의 '목소리'에서 빚어진 말의 사태로 전환되는 것이며, 아울러 이와 같은 타자의 목소리가 화자의 내부에서 움터 나오며 시인은 "뜨겁게 달아오른 난간을 붙들고/ 생각을 한다"(「이 상자 안으로 양이 들어올 것이다」)는 사실을 기억해야 한다. 화자는 이렇게 해서, 독특한 인칭의 세계로 초대된다. 화자의 입을 빌려 진행되고 있는 이야기에 대한 책임에 기습하듯 면죄부를 주는 이러한 인용의 방식은, 행갈이와 여백의 독특한 활용과 더불어, 김유림의 시에서 매우 중요하고도 독창적인 방식으로 말의 흐름을 주도하고 편지의 형식을 고안하는 원인으로 자리 잡는다.

> 나는 최종적으로 으깨어진 사과의 국경 앞에서 으깨어진 사과의 국경을 들여다보다가 왜 사람들은
>
> 왜 사람들은?으로 시작했던 의문은 더 이상 이어지지 못하고 오늘은 날이 찌는 듯이 덥다 손을 들어 이마를 닦는데 땀에 붉은 기운이 섞여 있었다 (……) 오랜 생각의 흐름 뒤에

생각보다 이렇게 묽은 것일까 생각하고 주머니에서 구겨진 휴지를 꺼내 이마를 한차례 더 닦으니 엷은 주홍색이 묻어나왔다 (……) 매미가 울고 마을버스가 오길 기다리면서

(……) 나는 여기서 나의 문제이자 나의 주제인 사과의 국경을 건너야 사과나라의 국경에 왜 사과가 하나 놓여 있었는지를 알게 되리라고 생각했다 매미 소리를 듣다가

나는 머리를 휴지 조각으로 누른 채 내가 알고 싶었던 건 한 조각의 퍼즐이 사라진 너무나도 명백한 그림의 원본이라고 생각했다

—「추신: 뒤에 덧붙여 말한다는 뜻으로, 편지의 끝에 더 쓰고 싶은 것이 있을 때에 그 앞에 쓰는 말.」에서

2016년 1월 10일

내가 프랑스 마레 지구를 방문했었는지…… 기억이 나지 않는다.

2031년 2월 11일

나는 프랑스 마레 지구에 가 본 적이 없다.

커다란 건물 앞에 서 있습니다. 들어서는 문은 여러 개이고, 나온 문은 하나입니다. *미래의 문은 여러 개이고 과거의 문은 하나로* 건물은 퐁피두 센터여야 합니다. 퐁피두 센터와 기억은 아슬아슬하게 결합하여 나를 끌어당기고 백지처럼 고요한 거리 위에 나를 뱉어 놓습니다

—「프랑스 마레 지구」에서

문단과 문단 사이를 차지하고 들어선 여백은 그저 비어 있는 것이 아니라, 미지의 무언가로 가득 차 들끓고 있는 시적 공간이다. "왜 사람들은"이라는 의문형 가정문은 바로 아래 펼쳐진 여백을 가득 채우며, 순식간에 말없이 증폭된다. 마찬가지로 "왜 사람들은?으로 시작했던 의문"이 "더 이상 이어지지 못"하게 되면, 문장은 이제 다른 곳으로 이동을 한다. "오랜 생각의 흐름 뒤", 그 실현되지 못한 양태를 여백이 담아내면서, 텅 빈 백지에 사유의 자리를 마련되고, 그것을 다음 문단의 "생각보다"가 바로 이어받는다. "오랜 생각의 흐름 뒤"와 "생각보다 이렇게 묽은 것일까"라는 "생각" 사이에, 여백으로 인하여 무언가 가득 들어차, 시의 공간이 넓어지고 시의 살점을 붙는다. 여백은 시의 스펙터클

이다. '기다림'과 '듣는 행위'를 실현하는 것도 바로 여백이다. "긁어낼 수 없는 생각의 모래알"을 쥐고 시인은 이렇게 "생각의 바구니를 흔들"(「모래 바구니」)면서 "생각하고 말하는 동물"(「드가가 드가에게」)이 할 수 있는 최대치의 양상을 기록한다. 김유림의 시는, 이와 같은 방식으로, 화자-청자, 이 양자를 겹으로 서술하면서 타자의 말을 나의 발화로 포획해 내고, 무관(無關)의 병렬 체계가 고유한 제 의미의 자리를 만들어 내는 데 일조한다. 공백은 단순히 비어 있는 것이 아니라, 침묵의 언어가, 그 잠재적인 말들이 축적되어 있는 시적 공간이자, 하지 않은 말, 생성과 무생성의 중간 지대에 거류하는 말을 발화-무발화의 영역으로 끌어내, 의미의 자리에 기어이 독자를 연루시키고, 화자-독자에 무게추를 세워, 양쪽에 저울대를 달아 놓는 것이다. 이렇게 사유-발화가 개인적-공동체적 영역 속으로 진입하며, 나-너의 상호 교체의 교두보에서 선다. 시는 가장 주관적인 형태의 상호-주관성의 전신이 되고, 그 깊이와 너비의 주인이 될 채비를 마친다.

환유의 날개, 줌 인-줌 아웃

생각은 기억의 형식이며, 생각은 말을 주재한다. 그리고 그것은, 어디선가 이루어졌던 것들, 형태를 가늠할 수 없는 말의 형식으로 기습하듯 딸려 나오는 파편적인 것들, 시집을 구성하는 모든 작품들, 그 사이에 편재하는 텍스트와 텍스트의 '상호(inter)' 작용의 결과들이다. 그것이 무엇이건 간에, 작은 것에서 촉발되어 꼬리를 물고 집요하게 전진하는 생각, 이 생각이 말을 등에 업고 힘찬 리듬을 만들어 내고, 환유의 아름다운 날개를 달고 힘차게 전진하여, 꿈을 현실에서 펼쳐 내고 '인상'을 부정의 어법으로 가능한 한 최대한 확장하면서, 독특하고 특수한 내면 일기를 기술한다.

> 로레알파리 르 엑스트라오디네어 벨벳 라커 103호 몽테뉴브릭 입술에 발라 보았습니다 창백한 내 얼굴에 벽돌 두 장 발라 넣자 화사해 보입니다 몽테뉴가(街) 벽돌로 쌓은 주택 103호에 사는 아득한 사람 같습니다 아침마다 다른 나라 다른 세기에 눈뜨는 꿈을 꾸는 사람 같습니다 거리가 이만큼 벌어집니다 거리가 이만큼, 좁혀집니다 내가 입을 벌려 작은 숨을 내쉴 때마다 펼쳐지는 마법 같은 거리가 있습니다 벽돌 두 장을 다물고
>
> 파리의 겨울까지 가져가는 꿈을 꿉니다
>
> —「103호 몽테뉴브릭」에서

> 검게 탄 아이가 산으로 들어간다

검게 탄 아이가 어렴풋한 인상을 가지고 산으로, 들어간다 인상은 삼각형이 아니고 초록빛이 아니고 어둑하고 비릿하고 축축하다 말고 나무와 나무를 건너뛰는 작은 생명체의 꼬리에 그어진 탐스러운 검은 빛깔을 잠시 가진다 날다람쥐다 날다람쥐가 아니면 청솔모이고 흔들리는 가느다란 가지들 크게 휘청이고 검게 탄 아이가 아주 검지는 않고 사실 부드러운 식빵의 탄 가장자리처럼 진갈색인데 그마저도 점점 흐릿해진다 아이는

탄력 있는 대나무 채집망을 들고
들어가고 있다 잡는 것은 인상이 아니고

—「미래의 돌」에서

'이상한 나라'로 간 엘리스의 이야기에 등장하는, 모자 장수, 토끼, 그리고 고양이 체셔까지, 이야기의 모든 것은 '생각'에서 비롯되어 현실로 걸어 나온 것이다. '이상한 나라'에서 자신이 사는 세계로 돌아가려면 어쩔 수 없이, 자신의 세계로 돌아가는 선택을 할 수밖에 없다. 김유림의 시는 출발-회귀의 구조 속에서 놓인다. 유사성 혹은 동일성에 의해 하나의 점으로 수렴해 가는 게 아니라, 차이에 의해 수시로 분기(分岐)하고, 반복에 의해 끝없이 확산해 가는 이야기의 다발인 것이다. 매번 되돌아오는 김유림의 시

에서 환유는 도달해 있는 곳에 벌써 맺혀 있는 상징과는 달리, 지금-여기를 둘러싸고 있는 현실의 일부를 달고서, 모르는 곳으로 내닫는다. 상징이 기지(旣知)를 환기하면서 시의 주제를 공고하게끔 조장하는 반면, 환유는 대상-세계-나의 확장을 통해 모르는 곳, 저 미지(未地)를 향해 전진하면서, 모르는 대상에 힘입어 두려움을 벗겨 내고, 새로운 꿈의 문을 연다. "로레알파리 르 엑스트라오디네어 벨벳 라커 103호 몽테뉴브릭"은 하나의 대상, 그 쓰임을 갖고 있는 단순한 사물이다. "로레알파리 르 엑스트라오디네어 벨벳 라커 103호 몽테뉴브릭"을 입술에 바르는 행위가, 이 대상에 붙여진 명칭들을 백지 위로 걸어 나오게 하고, 각각에 사연을 입혀 일련의 사태를 빚어낸다. 그렇게 현실의 미로가, 꿈의 공간이 열린다. 단순한 사실의 서술로, 그 행위로, 어디론가 나아가고, 시인은 이렇게 문(文)을, 미래의, 미지의 문을 여는 일에 참여한다. 복잡하고 미묘한 입체 퍼즐을 계속해서 돌려 완성하듯, 의미의 방정식이 조합되고, 상황과 문맥에 맞추어 재생산되는 진행형의 구성 속에서 환유가 만들어 낸 이 꿈의 공간에, 그러니까 "이국의 언어가 방주처럼 떠다니는 103호"에 우리는 이렇게 "도착"한다.

"검게 탄 아이"의 "인상"의 '어렴풋함'은 그저 '어렴풋한'이라는 형용사 하나로 규정되는 대신, 그것이 아닌 무엇에서 착수하여, 가장 정확한 순간에 이를 때까지, 최대치의 언어를 동원하여 묘사해 나가면서, 그야말로 "인상"의 리듬을 구현해 낸다. “너무 많이 입은 베이비”(「J. 베이비」)가 “우회로를 찾을 생각을 단념”하고 겪는 이상한 이야기, “나무들의 군락, 사진, 찍는 사람들, 좋은 일, 있는 어미 새, 가 날아가, 며 나에게서 멀어지”는 이야기, 그러니까 인상을 남기는 조음법과 구두법을 통해 펼쳐 보인 “인상에 남지 않는 방식으로 남은 남자와 그 남자를 닮은 남자들의 얼굴들의 인상 너머에” 서 있는 “그”(「화가의 얼굴」)의 이야기 등, 덧붙이고 또 빼면서 전진하는 말의 운동을 통해 구현되는, 저 가감의 환유는 “보고도 못 보고/ 보지 않고도 보고 마는”(「벤치에 앉은 역사」) 순간들과 “다시 들어가 들어가는 동안”과 “생각에 잠겼다 나오는 동안”(「확실히 서울」)을 현기증처럼 시에서 피어 올린다.

‘보다’의 명백한 시점을 갖고 기술해 나간 작품, 가령 「드가가 드가에게」나 「부메랑」, 「공원이 아닌 나무 세 그루」도 현기증을 피워 내며 다채로운 말의 운동 속에서 전개되는 것은 매한가지다. 하나의 포인트를 잡아, 보는 행위에 방점을 내려놓은 작품에서조차 어느 한 지점을 정적으로 묘사하는 경우는 없다. 그림이 화면 밖으로 튀어나와 그림을 구현하는 식의 탈프레임의 문법을 구현하며, 대상의 정교한 배치로 나의 눈높이와 그 조절의 양감을 절묘하게 포개 놓거나(「드가가 드가에게」), 그림 속 인물이 나를 보고 있는 한 점, 정확한 자기 시선을 고정시킨 한 점에다가 대상의 원근을 줄줄 흘러내리듯 방치하면서 세잔의 그림과 같은 평면의 원근을 획득한다. 유리창에 비친 나의 모습을 응시하는 시선 너머 바다의 풍경을 겹으로 포개어 놓고, 내가 그린 그림 속 얼굴이 나를 바라보는 시선의 교체를 활용하여, 거울 속의 내가 거울 밖의 나를 보는 것처럼, 그러니까 마그리트 그림의 독법(「푸른 바다 면도기」)을 표현하기도 한다. 아이가 던진 부메랑이 다시 돌아오는 순간을 크로키처럼 묘사하고, 그 순간과 순간 사이 한 장소에서 벌어진 여러 운동을 '중장비적'으로 기술한 「부메랑」에서, 화면은 여지없이 속도감에 휘말리고 정신없이 돌아간다. 시간의 한 지점을 한 치의 오차 없이 겨냥하고 포착하는 언어의 운동을, 부메랑을 던지는 행위, 그 뒤를 쫓는 늙은 오베르만, 바로 옆에서 촬영 중인 카메라와 그 카메라의 줌인과 줌아웃에 포개면서 겹서술에 멋진 언어의 운동감을 부여한다. 그렇게 대상-사물-인물의 움직임이 겹쳐지고, 그렇게 모든 것이 '양방향'을 갖는다. 시인은 여기에다가 연둣빛 코트 입은 영화배우의 감정을 기입하거나 아이 아빠의 사연을 덧붙여, 영화의 내레이션처럼 처리하면서, 동작-순간-행위-사유의 '핀포인트', 그러니까 정확히 하나로 귀결되는 타깃을 그려 낸다. 동시에 움직이고 동시에 포착되는, 단 한 순간의 '신(scene)'들의 연속적 배치와도 같은 시가 이렇게 탄생한다. 또 그런가 하면 "아무것도 없는 흰 접시"(「사랑과 꿈과 야망」)를 반복해서 포장하는, 이스탄불의 그랜드 바자르에서 목격한 한 순간을 회상하며, 그 기억을 크로키 하듯

이 그러나 단속적인 행동에 맞추어 축적하듯 적어 나간다. 순간은 정지되고, 사물은 박제되고, 박제와 포장의 상태에서 반복되는 움직임만이 백지 위로 걸어 나와 불꽃처럼 팍팍, 그러나 차갑게, 점멸하듯 터지고 사그라들며, "사라지고만/ 아무것도 없는 평범한 흰 접시를/ 믿고 상상해야 하는 장면"을 실현한다. 그로테스크한 형상이 이렇게 시에 고유한 무늬를 만들어 낸다.

무형식의 편지, 끝나지 않는 이야기

시집은 문장 부호, 구두점의 운용에 확실한 의미의 자리를 마련한다. 이런 점에서 '세미콜론'은 여는 문이자, 문이 열리는 문, 미로의 입구이며, 이탤릭으로 표시된 부분, 활자 크기의 조절을 거친 단락들, 굵은 표식의 대목들도, 마찬가지로 글의 운용 전반에 개입하는 주관성의 표식들이다. 겹-텍스트의 미로가, 겹서술의 공간이, 화자-주체의 구분을 취하하는 하나의 인칭이 여기서 열리고 또 닫히며 탄생하기 때문이다.

> 내가 보기에 너는 완벽해 보인다 완벽해 나는 말한다: 너는 자판을 두드린다

나는 안다
나는 말한다
그때의 너는 결코 돌아오지 않을 것이며
그래서 써야 한다고

자판을 두드린다!
비가 내린다!
세월도!
어쩜!

고약한 냄새가 나고 그것이 닫힌 창문을 열게 한다 글을 쓰던 글 속의 나는 너에게 커피에 놓을 각설탕을 가져다 달라고 부탁하고 곧이어 그게 힘들다면 그저 가벼운 키스를 해 주는 것으로 족하다고 덧붙인다 그러나 네가 못들은 척 옷장 위로 올라간다 사라진다

나는 다시 나에 대해서만 쓸 수 있다:

결코 돌아오지 않는 너에게
여기가 어딘지 편지를 보내지 그래?
이곳은 경주
이제 편지를 주고받는 사람은 거의 없다지만
바깥으로 능이 보이는구나

혼자 말하고 혼자 웃는단다

비가 내리고 오이 냄새가 나는구나

나는 말한다

나는 널 아나요

나는 쓴다

—「도둑맞은 편지」에서

말을 한다

이야기를 들려 드린다:

—「모래 바구니」에서

시집에서 편지는 하나의 '형식'을 이룬다. 편지의 형식은 대저 무엇인가. 흔히 말하듯 편지를 쓸 수 없는 시대를 살고 있는지도 모른다. 그러나 시인은 편지를 쓴다. 편지는, 대화나 일기, 이 모든 것을 집어 삼킨다. 통상 우리는 상대를 정해 놓고 하는 말을 편지(便紙)라고 부르며, 마찬가지로 작은 조각 글 역시 편지(片紙)라고 여긴다. 편지의 형식은 일기나 대화 등을 모두 포괄한다. 세미콜론이 당국에 편지를 쓰는 공간을 열어 보인다. 세미콜론이 너와 나의 방향을 바꾸고, 한번 기술되어 돌아오지 않는 너에게 다시 펜을 쥐어 주고, 그렇게 자판을 두드리게 만든다. 세미콜론이 혼잣말을 너에게 건네면, 그 사실을 알고 다시 편지를 보내야 할 순간의 초입이 펼쳐진다. 세미콜론이 "매끄러운 종이책"을 덮고 "어린 직공에게" "오늘은 바빠요"(「의복의 앉은 역사」)라고 말을 건넨다. 이탤릭으로 기울어진 문장들이 시에 일기를 덧입힌다. 줄어들거나 굵게 표시된 활자의 행렬이 미래를 죽이고 과거를 살려내는 편지를 적는다. 그런가 하면, 편지는 정지된 한곳에 정박하여 시간을 거꾸로 돌린다. 편지는 '잃어버린 시간들'을 헤아리게 하고, '은하열차'에 몸을 싣고서 창밖으로 움직이는 풍경을 바라보게 만든다. 편지는 이렇게 타자의 글을 삼킨다. 편지는 나를 알아가는 글이며, 너를 알아가는 글이자, 그저 쓰는 글, 그렇게 풀려나온 이야기이다. 편지는 기억의 회로를 뒤지며, 그 미로로 우리를 안내한다는 점에서, 복잡한 마음을 따라간 개인적 기록이면서 동시에 "편리한 이야기"이자, "친구와 친구에 대한 이야기"이도 하다. 편지는 내가 쓰는 것이 아닐 수도 있다. 편지는 "봇"이 "나에게" 들려준 "이야기"일 수 있으며, 세미콜론 이후 열린 "당국에" 쓴 "편지"(「봇의 이야기와 편지」)일 수 있고, "대부분의 수신인"이 "곁에 있거나 이미 죽었"을 수도 있고, "모두가 읽는"(「행복 같은 것」) 글일 수도 있기 때문이다.

편지를 쓸 수 없는 시대에 시인은 편지를 쓴다. 편지의 형식에는 이렇게 담을 수 없는 것이 담긴다. 그저 건넬 수 있는 말이 아니라, 안으로 축소되는 듯하다가 밖으로 다시 빠져나가는 내면의 말이 '편지'라는 형식 아래에 하나로 모인다. 편지는 자아의 밑바닥까지 내려가고 기억을 뒤져 거기에 리트머스 종이를 적시고, 예기치 않은 대화의 공간을 열어, 자아의 내부에서 발아한 말을 받아 적는다. 편지는 대상-시간의 변화를 통해 현실의 형식을 말의 움직임이라는 단막극의 형태 속에서 복합적으로 기술하게끔 허용한다. 편지는 "나는 또 다른 너"(「들어간다」)를 가능하게 해주는, 삼인칭을 제거하는 주관적 형식이며, 인칭의 구분을, 타자의 대상화와 자아의 팽창 사이의 이분법적 경계를, 화자와 주체의 단호한 구별을 취하한다. 편지와 일기는, 모든 말투와 어법을 삼켜 포용하면서, 시에서 독자성을 확보한다. 편지는 모든 형식을 허용하는 형식의 형식이며, 내면을 객관의 수면으로 끌어올리려 터트리는 정동의 주체이자, 화자의 격(格)과 자리를 일인칭 독백과 감상으로 전락시키지 않는 동시에 삼인칭의 외부에 박제하지 않는, 그러니까 객관의 주관이자 주관의 객관인 "양방향"의 에크리튀르를 창출한다. 편지는 단 하나의 해석의 격자에 말을 가두는 기호의 단일성에 타격을 가하고, 이해와 소통을 전제로 삼는 만사형통의 메시지 전달과 그 효율성에 제동을 걸며, 감정을 자아내는 서사의 제국과 결정된 거대 담론이 통보해오는 시시각각의 폭력적인 일방성의 회로를 잘라내, 기습하듯 타격을 가하고 미로로 우리를 안내한다. "미래의 문은 여러 개이고 과거의 문은 하나"(「프랑스 마레 지구」)라는 사실을 실현하는 공간이자 매체, 그 형식이자 기록이 바로 편지다.

이봐, 이런 시 어떻게 썼어?
나를 붙들고 흔들어 보아도 말 못하는 종이인형이다
흔들리며 방긋 웃기만 하는 게 아이 같다
이렇게 바보 표정으로 취해 있다니
나도 이런 나이고 싶다
  하지만 취한 게 아니야
접혀 있던 내가 말한다
갈색 서랍에 넣어 뒀는데

넣어서 열쇠로 잠가서 못을 쿵쿵 박아 뒀는데
  서랍과 서랍 새로
구겨지고 접힌 종이가 스믈스믈 춤을 추며 나온다
입에서 삐져나오는 하품처럼
나폴나폴 돌아가며 제 형상을 찾는 1분 냉동 피자 치즈
처럼

이봐, 이런 시
잘 보라고

—「옥탑방의 마무리」에서

무상(無償)의 호환 속에서 창출되는 편지의 장대한 그물

망이, 마르지 않는 이야기를 가득 채우고, 일말의 두려움을 살짝 띠며 우리에게 말을 건네며, 지금 펼쳐지고 있다. 편지는 여기저기서 퍼져 나오는 생각을 독특하고 힘찬 문장들로 담아 풀어내면서, 생각도 못한 곳에서 떠들썩하게 매듭을 지으며, 미로를 연다. 생각의 지형을 짜는 독창적인 구조와 힘찬 환유에 날개를 달고서, 편지, 그것은 늘, 다시 시작하는 편지, 라고 우리에게 말한다. 그렇게 말의 초입으로 돌아와서 시인은 처음부터 다시 시작하는 미로를 설계한다. 끊임없이 서로 호응하고, 서로 괴롭히고, 멈추지 않고 다양한 방향을 향해서, 가지를 쳐나가는 이 푸가적 시적 공간에 발을 들인 독자는, 흔들리며 전진하는 문장의 연쇄와 여백을 집중해서 보고 읽으며, 생각의 타래를 퍼즐처럼 이어 가고, 또 다른 방식으로 말해질 수도 있었을 미지의 이야기에 귀를 기울이게 될 것이다. 김유림의 첫 시집 『양방향』은 생각의 자기 동력과 그 에너지로 충만한 문장으로 걸출한 미로를 하나 그려 보인다. 서두로 다시 돌아간다. 이 시집에서 우리는 언어의 형식에 대한 고안을 통한 삶의 형식에 대한 고안, 삶의 형식에 대한 고안을 통한 언어의 형식에 대한 고안의 순간들을 한껏 담은 정동의 편지를 읽게 될 것이다. 시의 새로운 미로가 열리고 있는지도 모른다.

지은이 김유림
1991년 서울에서 출생했다.
2016년《현대시학》신인상을 받으며 작품 활동을 시작했다.

양방향

1판 1쇄 펴냄 2019년 11월 1일
1판 2쇄 펴냄 2021년 2월 3일

지은이 김유림
발행인 박근섭, 박상준
펴낸곳 (주)민음사

출판등록 1966. 5.19. (제16-490호)
서울특별시 강남구 도산대로1길 62(신사동)
강남출판문화센터 5층 (06027)
대표전화 02-515-2000 / 팩시밀리 02-515-2007
www.minumsa.com

© 김유림, 2019. Printed in Seoul, Korea

ISBN 978-89-374-0883-0 04810
978-89-374-0802-1 (세트)

* 잘못 만들어진 책은 구입처에서 교환해 드립니다.

민음의 시

민음의 시 목록

072 딱따구리는 어디에 숨어 있는가 최동호
073 서랍 속의 여자 박지영
074 가끔 중세를 꿈꾼다 전대호
075 로큰롤 헤븐 김태형
076 에로스의 반지 백미혜
077 남자를 위하여 문정희
078 그가 내 얼굴을 만지네 송재학
079 검은 암소의 천국 성석제
080 그곳이 멀지 않다 나희덕
081 고요한 입술 송종규
082 오래 비어 있는 길 전동균
083 미리 이별을 노래하다 차창룡
084 불안하다, 서 있는 것들 박용재
085 성찰 전대호
086 삼류 극장에서의 한때 배용제
087 정동진역 김영남
088 벼락무늬 이상희
089 오전 10시에 배달되는 햇살 원희석
090 나만의 것 정은숙
091 그로테스크 최승호
092 나나 이야기 정한용
093 지금 어디에 계십니까 백주은
094 지도에 없는 섬 하나를 안다 임영조
095 말라죽은 앵두나무 아래 잠자는 저 여자 김언희
096 흰 책 정끝별
097 늦게 온 소포 고두현
098 내가 만난 사람은 모두 아름다웠다 이기철
099 빗자루를 타고 달리는 웃음 김승희
100 얼음수도원 고진하
101 그날 말이 돌아오지 않는다 김경후
102 오라, 거짓 사랑아 문정희
103 붉은 담장의 커브 이수명
104 내 청춘의 격렬비열도엔 아직도 음악 같은 눈이 내리지 박정대
105 제비꽃 여인숙 이정록
106 아담, 다른 얼굴 조원규
107 노을의 집 배문성
108 공놀이하는 달마 최동호
109 인생 이승훈
110 내 졸음에도 사랑은 떠도느냐 정철훈
111 내 잠 속의 모래산 이장욱
112 별의 집 백미혜
113 나는 푸른 트럭을 탔다 박찬일
114 사람은 사랑한 만큼 산다 박용재
115 사랑은 야채 같은 것 성미정
116 어머니가 촛불로 밥을 지으신다 정재학
117 나는 걷는다 물먹은 대지 위를 원재길
118 질 나쁜 연애 문혜진
119 양귀비꽃 머리에 꽂고 문정희
120 해질녘에 아픈 사람 신현림
121 Love Adagio 박상순
122 오래 말하는 사이 신달자
123 하늘이 담긴 손 김영래
124 가장 따뜻한 책 이기철
125 뜻밖의 대답 김언희
126 삼천갑자 복사빛 정끝별
127 나는 정말 아주 다르다 이만식
128 시간의 쪽배 오세영
129 간결한 배치 신해욱
130 수탉 고진하
131 빛들의 피곤이 밤을 끌어당긴다 김소연
132 칸트의 동물원 이근화
133 아침 산책 박이문
134 인디오 여인 곽효환
135 모자나무 박찬일
136 녹슨 방 송종규
137 바다로 가득 찬 책 강기원
138 아버지의 도장 김재혁
139 4월아, 미안하다 심언주
140 공중 묘지 성윤석
141 그 얼굴에 입술을 대다 권혁웅
142 열애 신달자
143 길에서 만난 나무늘보 김민
144 검은 표범 여인 문혜진
145 여왕코끼리의 힘 조명
146 광대 소녀의 거꾸로 도는 지구 정재학

147 슬픈 갈릴레이의 마을 정채원
148 습관성 겨울 장승리
149 나쁜 소년이 서 있다 허연
150 앨리스네 집 황성희
151 스윙 여태천
152 호텔 타셀의 돼지들 오은
153 아주 붉은 현기증 천수호
154 침대를 타고 달렸어 신현림
155 소설을 쓰자 김언
156 달의 아가미 김두안
157 우주전쟁 중에 첫사랑 서동욱
158 시소의 감정 김지녀
159 오페라 미용실 윤석정
160 시차의 눈을 달랜다 김경주
161 몽해항로 장석주
162 은하가 은하를 관통하는 밤 강기원
163 마계 윤의섭
164 벼랑 위의 사랑 차창룡
165 언니에게 이영주
166 소년 파르티잔 행동 지침 서효인
167 조용한 회화 가족 No. 1 조민
168 다산의 처녀 문정희
169 타인의 의미 김행숙
170 귀 없는 토끼에 관한 소수 의견 김성대
171 고요로의 초대 조정권
172 애초의 당신 김요일
173 가벼운 마음의 소유자들 유형진
174 종이 신달자
175 명왕성 되다 이재훈
176 유령들 정한용
177 파묻힌 얼굴 오정국
178 키키 김산
179 백 년 동안의 세계대전 서효인
180 나무, 나의 모국어 이기철
181 밤의 분명한 사실들 진수미
182 사과 사이사이 새 최문자
183 애인 이응준
184 얘들아, 모든 이름을 사랑해 김경인
185 마른하늘에서 치는 박수 소리 오세영
186 ㄹ 성기완
187 모조 숲 이민하
188 침묵의 푸른 이랑 이태수
189 구관조 씻기기 황인찬
190 구두코 조혜은
191 저렇게 오렌지는 익어 가고 여태천
192 이 집에서 슬픔은 안 된다 김상혁
193 입술의 문자 한세정
194 박카스 만세 박강
195 나는 나와 어울리지 않는다 박판식
196 딴생각 김재혁
197 4를 지키려는 노력 황성희
198 .zip 송기영
199 절반의 침묵 박은율
200 양파 공동체 손미
201 온몸으로 밀고 나가는 것이다
서동욱·김행숙 엮음
202 암흑향 暗黑鄕 조연호
203 살 흐르다 신달자
204 6 성동혁
205 응 문정희
206 모스크바예술극장의 기립 박수 기혁
207 기차는 꽃그늘에 주저앉아 김명인
208 백 리를 기다리는 말 박해람
209 묵시록 윤의섭
210 비는 염소를 몰고 올 수 있을까 심언주
211 힐베르트 고양이 제로 함기석
212 결코 안녕인 세계 주영중
213 공중을 들어 올리는 하나의 방식 송종규
214 희지의 세계 황인찬
215 달의 뒷면을 보다 고두현
216 온갖 것들의 낮 유계영
217 지중해의 피 강기원
218 일요일과 나쁜 날씨 장석주
219 세상의 모든 최대화 황유원
220 몇 명의 내가 있는 액자 하나 여정
221 어느 누구의 모든 동생 서윤후
222 백치의 산수 강정
223 곡면의 힘 서동욱